中公文庫

レギオニス 秀吉の躍進

仁木英之

中央公論新社

目次

レギオニス　秀吉の躍進

第一章　多聞山

一

都の町屋と伽藍《がらん》の甍《いらか》の優美さが、永禄《えいろく》十一（一五六八）年の秋を彩っている。

「西にくるほど雅《みやび》になりますな」

柴田権六勝家《しばたごんろくかついえ》の愛馬の手綱をとる毛受惣介《めんじゅしょうすけ》が、感慨深げな表情で言った。

「都の西の国々はどんな地なのでしょうか」

「きっと変わらぬよ。雅に思えるのも気のせいだ」

長く旅を続ければ気候は変わるし風景も異なる。人の気質もやはり違う。それでも、人が望む物と忌み嫌う物はほぼ変わらない。

「望むは平穏と静謐《せいひつ》、嫌うは災いと戦、ですな」

「皆がその世を楽しむまでには、まだ時を要するようだ」

都に入る前に、権六の主君である織田信長《おだのぶなが》は濫妨狼藉《らんぼうろうぜき》を厳しく禁じるよう諸将に命じていた。将や侍はその命に従ったが、軍勢は彼らだけで成り立っているわけではない。騎馬武者、若党や足軽といった武器を手にして戦う侍をはじめ、「下人《げにん》」と呼ばれる侍の下働きをする者、そして荷駄や雑用をこなす「夫丸《ぶまる》」と呼ばれる者たちもいる。

村から徴用されている者たちからすれば、遠征した先での略奪や狼藉、乱取りこそが戦の楽しみである。信長は目についた者を自ら手打ちにするなどしていたが、兵たちによる濫妨はあちこちで起き、全てを止めるのは難しい。信長の命にもかかわらず、被害を訴え出る者が後を絶たなかった。

「ようは都が殿の分国になればよいのですな」

柴田勢の物頭《ものがしら》として一隊を任されるようになった、養子の柴田勝豊《かつとよ》が力強く言った。

「都はあくまでも帝《みかど》のお膝下《ひざもと》だ。だが、伊介《いすけ》の言うこともっともだ。織田家の分国となって従ってくれれば、その先は我らが守るべき地になるのだがな……」

その道のりはまだ遠い。名の知られた多くの国衆や寺社が恭順を誓うべく都に集まっていたが、全てではない。

権六は都について何も知らないわけではない。

尾張《おわり》にも都や畿内《きない》から訪れる商人は来ていたし、公家《くげ》や皇族に列する僧侶がやってくる時に、その饗応《きょうおう》役を任されることも珍しくなかった。

今や権六は、将軍となる足利義昭《あしかがよしあき》から直々に言葉を賜るような、織田家の重鎮の一人となっている。信長が美濃《みの》一国を手に入れた時も、南近江《みなみおうみ》を瞬く間に手中に収めた際も、主君のもとに集まる財物の量に驚嘆していた。

　やはり「天下」というだけあって畿内に割拠する国衆や幕府奉公衆が身に着けるものは瀟洒《しょうしゃ》で、その垢抜《あかぬ》けた様は、近江との国境からほんの数里隔てているだけだというのに、大いに趣が違う。

　都の西南、三好《みよし》三人衆の一人、岩成友通《いわなりともみち》が籠《こも》っていた勝竜寺《しょうりゅうじ》城を落とした権六は、そのまま信長に従って軍を進め、摂津《せっつ》へと向かっている。都の者たちは雑兵《ぞうひょう》たちの濫妨が落ち着くと、物見高く人垣となって街道沿いを埋め尽くしていた。

　先鋒《せんぽう》を務める権六の軍勢は、焦らず進めと命じられている。

　それは信長に敵対する者たちが襲いかかってくるのを恐れ、慎重に進めということだと権六は思っていたが、そうではなかった。

　都から摂津にかけての街道は、これまでのどこよりも人家が多いように思われた。応仁《おうにん》の大乱以後、乱れに乱れていたはずの都の周囲であったが、それでもやはり、町の賑《にぎ》わいは格別だ。

　尾張でも清洲《きよす》や那古野《なごや》のあたりは、権六の故地である下社《しもやしろ》に比べると随分と繁華なものだと思っていたが、やはりこのあたりとは比べ物にならない。

「人が集まれば富が集まります」

　案内役としてついていた細川藤孝《ほそかわふじたか》が言った。都の風景が似合う、優美な横顔だ。

「富が新たに人を呼び集め、それがさらに富を呼ぶ。人は物を必要とします。物をやり取りするには銭金《ぜにかね》が必要です。より良きものを多く得ようとすれば、莫大な富が必要となる」

そして、と藤孝は見物人が並ぶあたりを見やった。

「集まった人と富を得ようとする者たちが力をぶつけ合う。だがそれには将としての器がいります。三好筑前守《ちくぜんのかみ》は才覚も器もある男でしたが、全てを手に入れる前に世を去り、後を継ごうとした者には器がありませんでした。だが、今は違う」

「それが殿というわけだな」

「弾正忠《だんじょうのちゅう》さまの器は計り知れない」

藤孝はうっとりと目を細めた。

「ようやく、それほどの人傑が現れたと心が躍る思いです。しかし……畿内の誰よりも富と人を支配している者がいます」

「門徒《もんと》どもの総本山か」

「左様です」

本願寺《ほんがんじ》の名を聞くと、権六も背中のあたりを冷たいもので触れられたような、不快で恐ろしいような気持ちになる。

力のない者にとって頼りになる寄る辺《よるべ》こそが一揆《いっき》である。それぞれの土地を守って命をかけるにしても、ただ田畑一枚を抱えて村の中で集まっているだけでは、より強い武家や寺社の力に押さえ込まれてしまう。

だが、一向宗《いっこうしゅう》という信仰の下で徒党を組むことができれば、それはどこの大名に対しても対抗しうる巨大な力へと変わる。

「本願寺がどう出てくるか」

それは家中皆が気にしていた。知行の中に一向宗の寺を抱えている者も多い。

尾張と伊勢《いせ》の国境近くには長島願証寺《ながしまがんしょうじ》という本願寺側の有力な寺がある。長島門徒は数も多く、長島城をはじめ揖斐川《いびがわ》の中洲周辺に多くの砦《とりで》を築いている。ただ、表立って対立することは、信長も本願寺も避けていた。

藤孝は一つ唸《うな》ってしばらく答えなかった。問われればすぐさま答えを返してくる彼にしては珍しいことであった。

「あの坊主ども、とてつもない爪牙《そうが》を隠しています」

本願寺が抱える門徒は、権六もはっきり分からぬほど無数にいる。加賀《かが》などは一国を治めるに至り、武家による支配を除いてしまった。

尾張にも、東西で接している三河《みかわ》と伊勢の境には強力な門徒衆がいる。美濃攻略を進めると同時に、信長は滝川一益《たきがわかずます》を北伊勢に差し向けてその調略を進めていた。だが、伊勢長島と願証寺の門徒衆はどの国衆よりも強く、信長であろうとおいそれと手を出せない勢力を誇っていたそして大坂《おおさか》の石山《いしやま》本願寺の兵力と富は、諸国の門徒の比ではない。

総本山の頂点に立つ顕如上人《けんにょしょうにん》がひとたび号令を下せば、何が起こるかわからぬ不気味さを秘めていた。

強力な軍勢を持つ寺社は多く、大寺になると何千という衆徒を動かすことができたが、本願寺は桁違《けたちが》いである。顕如は将才に優れた下間《しもつま》、七里《しちり》一族をはじめ、袈裟《けさ》をまとっていながらそのあたりの武将にも引けを取らぬ、優れた坊官たちを抱えていた。

「いずれ衝突は避けられぬでしょう。ですが、それは今ではありません」

藤孝はそう断言した。

「弾正忠さまが本願寺に敵対しない限り、本願寺から戦を仕掛けるようなことは当分ありませぬ。将軍家を戴《いただ》き、畿内に平穏を取り戻すことが弾正忠さまの目的です。本願寺も、東からきた尾張の雄について、どのような魂胆を秘めているのか探っているのでしょう」

表では穏やかな微笑をたたえながら、裏で互いの力と心を推し量る。不気味な静けさが摂津と山城《やましろ》の境には流れていた。

畿内は他よりも本願寺をはじめとする寺領が多く、さらには幕府奉公衆という、どの大名にも属さず、将軍家に直接仕える形になっている武人も多数いる。加えて古くからの国衆が各地に割拠し、大勢力が育ちにくい。

三好三人衆が力を持てば彼らに従い、信長が入ってくればそこになびくのも当然の動きだった。それぞれの力が小さいことを自覚しているから、あえて戦いを挑もうとする者はむしろ少ない。これまでに織田軍が攻めいったどの地よりも早く、そして多く、国衆や地侍たちが信長に膝を屈した。

寺社は制令を求め、国衆たちは判物《はんもつ》を望む。寺社の境内やその土地に濫妨狼藉を働かないで欲しい。そして国衆は土地を安堵《あんど》されることを願う。それは他国とも変わりがなかった。

ただ、信長が判断を下すべき事柄が急激に増えている。

尾張から出たばかりの頃は、信長の周囲を固める吏僚《りりょう》たちは林秀貞《はやしひでさだ》をはじめ、そのあたりのやりとりに手間取ることもあったが、摂津まで進んでくると、小姓衆や吏僚らにも才覚に優れた者が揃《そろ》いつつあった。

信長が若い頃から仕えている村井貞勝《むらいさだかつ》、万見重元《まんみしげもと》をはじめ、美濃斎藤《さいとう》家の祐筆《ゆうひつ》であった武井夕庵《たけいせきあん》、馬廻衆の塙直政《ばんなおまさ》などはその筆頭だ。

それは権六の周囲も同じで、今や柴田の姓を冠する者、そして佐久間《さくま》家から寄騎《よりき》としてつけられたものをはじめ、美濃の稲葉一鉄《いなばいってつ》や算勘に長《た》けた近江衆など、戦にまつわる荒事だけではなく、政《まつりごと》に長けた者たちが数を増している。

二

　摂津に入ると、無数の川の流れと、その間にある湿地に拓《ひら》かれた水田が目につくようになった。

「尾張の風景とよく似ている」

　権六は惣介に言った。

「川と海が出合う地には沃野《よくや》が広がりますから。見た目は似ているのに日が昇る方角が違うのに少し慣れませぬが」

　尾張では伊勢湾に向かって北から南に水が流れるのに対し、摂津の川は東北から南西に向かって流れるものが多かった。そして何より違うのは、海の手前で大きな台地が南北に横たわっていることだ。その台地の北端に石山本願寺は築かれていた。

「好悪《こうお》はともかくとして、あれこそが軽々に触れてはならぬものです」

　藤孝は重々しい表情で言った。

　大地の北端上に聳《そび》える石山本願寺の周囲には、琵琶湖《びわこ》からの流れが大地を切り刻んだような砂洲がいくつも浮かんでいる。そのそれぞれに本願寺方の砦が築かれ、ひっきりなしに大小さまざまな舟が出入りしていた。

権六たちはそれを横目に見ながら天王寺《てんのうじ》の脇《わき》を通り、関屋口《せきやぐち》から大和《やまと》へと入った。

信長がゆっくり進めというのも当然で、四方から数え切れないほどの人と物が届けられている中での進軍だ。全ての挨拶《あいさつ》を受けていては日々ゆったりと進むほかはないし、新たに従った者たちを粗略に扱うこともできない。

そして、権六のもとには、大和の国衆たちからも続々と使いが訪れるようになっていた。大和は一人の国持ちが治めたことはなく、筒井《つつい》、箸尾《はしお》、越智《おち》といった古い豪族たちの流れを汲《く》む国衆たちが各地に点在していた。

そして何より、藤原《ふじわら》氏の氏寺であった興福寺《こうふくじ》が強い力を持ち、割拠する国衆たちも、興福寺の衆徒、国民《くにたみ》という名目を持つ者がほとんどであった。

その中でも頭一つ抜けているのが、興福寺西ほど近くの多聞山《たもんやま》城の主、松永久秀《まつながひさひで》である。その弾正《だんじょう》久秀が、信長の使いとして権六のもとにやってきたのには驚くほかなかった。

「殿からのお言葉をお伝えします」

三代前から織田家に仕えているような顔で久秀は言った。

「柴田どのはこれより我が多聞山城に入り、大和一国の安寧を見届けるまでそこに止《とど》まれとの仰せです」

「それを何故《なにゆえ》弾正さまご自身がお伝えに参られるのですか」

惣介が訝《いぶか》しそうに訊《たず》ねた。

「何故も何も、大和についてはそれがしと殿の間でつぶさに話をしております。私は大和の地侍の一人として、いかに静謐を保てるのか、それだけを考えている」

権六は、この小柄で白く光る鋭い瞳を持った、しかし柔和《にゅうわ》で典雅な挙措《きょそ》の老人を物珍しい気持ちで見ていた。三好長慶《ながよし》が四国から出てきた際は真っ先にその旗の下に駆けつけ、彼が不案内であった畿内の道を案内した。そして東大寺《とうだいじ》に火をかけ、将軍位にあった足利義輝《よしてる》の命を奪った首謀者の一人であったとされる。

よく義昭が許したな、と権六は奇妙に思った。最近では三好三人衆と激しく争い、謀略と謀《はかりごと》に優れる一方で、風流を解し、財物を集める性格は、畿内でも随一と噂《うわさ》されている。

多聞山城は、東大寺や興福寺のある一角の西北側に位置する、小高い山の上に築かれている。奈良盆地の東北端にあたり、背後を柳生《やぎゅう》に通じる急峻《きゅうしゅん》な山で守られ、その東には奈良の大伽藍が立ち並んでいる。

東へ少し行けば京への街道が通っているが、城への道は狭く、攻めるのに躊躇《ちゅうちょ》するつくりだ。関屋口から大和に入って、権六は大和の盆地は古《いにしえ》の都としては格好の場所だが、守りづらいとも感じていた。なので多聞山城の縄張りの取り方には感心していた。

「よき地、よき城ですな」

天守に案内され、伽藍と寺町が広がる盆地と城を権六は称《たた》えた。

「幼き頃から抹香の香りに取り囲まれて暮らしておりますと、ありがたみも薄れるというものです」

久秀は目を細めてそんなことを言った。

「己の成仏と他人の成仏を祈っているぶんには何の害もありませんが、これほどの伽藍を築くのにどれだけ搾り取られたかを考えると、忌々しくて焼き払いたくもなりますよ」

自身がさほど信心深いとも思っていない権六も、久秀のこの物言いにはぎょっとした。

「そうやって忌々しいと思われているのが分かっているから、寺社は、位の高いところから跡継ぎになりそこねた者を引き取ってきて、上に据えておくのですよ。そうすれば人々の尊敬も憎しみもそこへ集まりますから」

そう言うと久秀は美しい伽藍に背を向けた。

「織田家の筆頭である貴殿が多聞山城に入って大和一国に仕置をされると、すでに国衆どもに触れを回してあります」

久秀は三好筑前守長慶亡き後の三人衆に見切りをつけた後、奈良の各地に手を伸ばしていた。だが、必ずしも攻略がうまくいっていたわけではない。むしろ畿内の城は落とされ、大和国内でも筒井順慶《じゅんけい》らに領地を奪われるなど苦しんでいた。その久秀が賭《か》けたのが、信長であった。

権六と佐久間信盛《のぶもり》、和田惟政《わだこれまさ》、そして明智光秀《あけちみつひで》と細川藤孝が二万ほどの軍勢を率いて大和に入ったことで、久秀は賭けに勝った。態度を明らかにしていなかった国衆たちも雪崩《なだれ》をうって久秀方につき、形勢は一変したのだ。

大和の国衆の多くは織田家に従うことを選び、その庇護《ひご》を求めに多聞山に殺到した。織田家の庇護を求めるということは、それなりの義務も生じる。それは武人であれば軍役であり、農民であれば貢租であり、商人であれば段銭《たんせん》だ。だが、段銭を徴収する前に一悶《ひともん》着《ちゃく》が起きた。

松永久秀は、その作業を一手に任せてほしいと求めたのである。

「千年の歴史を持つ寺社と古くからの家々をまとめるのは、外から来た者では難しい。それは尾張でも同じはずだ」

そういう久秀の言葉には一理あるようにも思われた。だがこれに火を噴くように反論したのが明智光秀と細川藤孝だ。

「この銭はあくまでも大和の平穏を守るために使われるものであって、それを我々織田家中の者が扱うのは当然である」

だが久秀は首を振った。

「お二人は殿の直臣ではありますまい」

光秀と藤孝は虚を衝《つ》かれたような表情を浮かべた。

「私こそが大和の侍の中で率先して殿に忠誠を誓いました。大和は古くからの寺や神社、そして古き国衆たちの知行が入り乱れております。頭ごなしに段銭を徴収しようとすれば、表向きには膝を屈していても、腹の中に毒や刃《やいば》を含むことになりかねません」

「毒や刃を含むのであれば、それを我らの前に出してみるがいい」

藤孝はいつに似合わぬ厳しい言葉を久秀に向けた。

信長に仕えて最も日が浅く、将軍家にも仕えている形の藤孝が、織田家中の誰よりも言葉が激しいことに権六は驚いていた。

「毒や不満をぶつけるのであれば、殿の庇護を求めることもやめにしたらよかろう」

「そういうことを言っておるのではない」

久秀は年若い藤孝を宥《なだ》めるように言った。

「ご両人」

そこに割って入ったのは佐久間信盛であった。

「すでに松永どのをはじめ、奈良の大寺や侍たちは恭順を誓っているのだから、段銭のこともそこまで焦る必要はあるまい。ここは松永どのに任せよう」

段銭は奉行人《ぶぎょうにん》が集めるのが筋だが、守護や他の有力者が請け負って集めることもある。その際に、請け負った者は本来の額よりも少々上乗せすることがあり、おおむね黙認されるのが常だった。

信盛がそのあたりの呼吸を読んで、久秀に任せようと一同に提案したのが権六には読み取れた。さすがに織田家中筆頭の佐久間信盛が言うと、藤孝たちも聞かざるを得ない。

久秀はほっとした表情で信盛に礼を言った。

「弾正に任せて良かったのか」

散会後に権六が訊ねると、信盛は答えた。

「今の我らの力であれば、どのような銭を課しても、国衆や寺社は差し出さざるを得ないだろうさ。ただあの弾正ですら、織田家は信用する――それだけの度量があると見せれば、他国で従うのを迷っている者たちの心も動くかもしれぬと思ってな」

だが次の日になって、信盛は自ら段銭を集める先頭に立つ、と言い出した。

三

「昨日言っていたこととまるで逆ではないか」

権六が詰《なじ》ると、信盛は不機嫌な顔をした。

「そうではない。殿から叱責《しっせき》の使者が飛んできたのだ」

「殿から？」

「お前はどちらに向かって気を遣っているのかと叱《しか》られた」

当然、松永久秀も昨日の今日でさすがに不服そうではあったが、ほとんど表情には出さず、信長の命ということで、大和の国衆たちに段銭を出すことを命じていた。

信長が大和の仕置を急いでいたのは、京でせねばならぬ大事があったからである。都周辺の国衆たちが服従を誓ったとなれば、やるべきことはただ一つである。

上洛の途上から、信長のもとには公家が頻繁に訪れていた。

信長と天皇家の連絡役を担っていたのは、武家伝奏である勧修寺晴豊《かんじゅじはるとよ》であり、将軍が位を継ぐための儀式などに関して相談を重ねていた。

ほぼ身一つで大和興福寺を脱出した義昭には、儀式を行えるような財政の裏付けがない。幕府奉公衆も名目上は将軍に臣従していたが、まだ将軍となっていない義昭には何も差し出さない。義昭はすべてを信長に頼っている。

「それはもう、大変なお喜びようです」

細川藤孝は大和からの帰り道、嬉《うれ》しそうに権六に言った。元々は一度諦《あきら》めていた地位である。将軍家の血筋を引く者がその位を継げないとなれば、その存在は将軍となった者にとって邪魔になる。

義昭は常に、怒りと恐怖の中で暮らしていた。その心を慰めていたのは、自分が天下の主《あるじ》となって政を行い、諸侯に命令を下し、思う存分にその才覚をふるう日を夢見ること。

「夢想されることで、恐怖と屈辱から束の間逃れることができたのです」

「夢想か……」

権六にはあまりない習慣である。

「私は上さまと弾正忠さまが手を取り合い、都と岐阜《ぎふ》にそれぞれ君臨してくだされば、これまで乱れに乱れた天下は静謐を取り戻すと考えています」

明智十兵衛《じゅうべえ》光秀もそうであったが、義昭に従っていた者たちは恐ろしく頭が切れると同時に、どこか歌人のように浮世離れした夢を語ることがあった。

不遇の時代を乗り越えるために、権六は下社に籠ってあまり外のことを考えないようにしていたが、彼らはそうではなかった。

この年、十月十八日。足利左馬頭《さまのかみ》義昭は綸旨《りんじ》を受け、征夷大将軍《せいいたいしょうぐん》、従四位下《じゅしいげ》参議、左近衛権中将《さこんえごんのちゅうじょう》に叙任された。ついに室町幕府第十五代の将軍位に就いたのである。

義昭は、信長や畿内で味方してくれた者たちを能楽の席に招待した。

もちろん、全ての費用は信長が用意したものだったが、義昭は意気軒昂《いきけんこう》だった。

「これより先、皆に面倒をかけた恩を返していく所存だ」

信長だけでなく、諸将に向かってはっきりと言った。

能楽の席には勝家も列席を許されていた。むろん、義昭からすると陪臣《ばいしん》ということになるから、信長と同じ壇上に座ることは許されない。

階下から見上げる形で、信長や新たに従うことを誓った畿内の諸大名、そして信長の同盟相手の松平元康《まつだいらもとやす》改め徳川家康《とくがわいえやす》などが晴れやかな表情で座っている。

めでたき演目に目を奪われている権六が知る芝居といえば、田舎《いなか》を回ってくる三河万歳《まんざい》や獅子《しし》踊りのような鄙《ひな》びたものだけだ。都の能楽の名人が見せる幽玄《ゆうげん》の舞には心を奪われる。その時、隣に小さな人影が座っているのに気付いた。

「実に佳《よ》いものですな」

木下藤吉郎秀吉《きのしたとうきちろうひでよし》が感じ入ったように言った。話しぶりがひょうきんで声が甲高いが、嘘臭《うそくさ》くならないのがこの男の不思議なところだった。そして不思議といえば、ほんの少し前まで小者《こもの》の姿をして石の上で音頭を取っていた者が、今やいっぱしの錦の小袖《こそで》を着て、数人の腹心らしき若者を連れていることだ。そのうちの一人が竹中半兵衛重治《たけなかはんべえしげはる》であり、もう一人は妻の実家に縁のある浅野《あさの》家の若者であるという。

「都は大いに乱れ、御所や宮中も一時荒れ果てたというのに、こうして芸事の火は消えておらぬ。これほどの技を保ち、美しさを引き継いでいくには相応の金と手間がいることでしょう」

「坊主か」

「あとは商人ですな。畿内には豊かな町衆が多くいます。摂津なら堺《さかい》、平野《ひらの》、大和なら今井《いまい》、そしてこの京の都」

これまで領地や人、そして富を抱えていた武家や寺社ではなく、世が乱れるにつれて人や物の流れを摑《つか》んでいる町衆たちに富が集まっていた。

此度《こたび》の上洛の際に、南近江を琵琶湖の南岸に沿って西に進んできた。佐和山《さわやま》や坂本《さかもと》といった琵琶湖の水運を抱えている町は、尾張でいうと津島《つしま》や熱田《あつた》と同じように人や物資が集まり、大いに賑わっていた。

「堺こそ天下一の港だそうです」

秀吉が舞台を見上げながら言った。

「そこにある富を手にすることができれば、殿の天下は揺るぎなきものになるでしょう」

権六は下社にいた時とは比べ物にならないほどの兵を率いるようになっていた。その中でとにかく苦労するのは、常に物が足らず銭もないことだ。戦を続けるには途方もない銭金と武具と物資が必要だ。

「権六さまは軍中で銭金が必要になった際はどのようになさっていますか」

秀吉は慇懃《いんぎん》に訊ねた。一昔前であれば戦に出た先で財物を奪うのは、勝利を得た者に許された権利であったし、権六も止めたことはなかった。

「好き放題やっている者もいるが、殿が濫妨狼藉を厳しく禁じておられるからな」

「畿内の者たちには豊かな財があり、強き者を巧みに嗅《か》ぎ分《わ》け、それなりの挨拶をする。目端《めはし》が利き、腰の軽さもありますな」

「藤吉郎はどうしているのだ」

「わしは商いも嫌いではありませんから。銭を出したがっている者をつつけば、いくらでも」

「大した才覚だ」

真似《まね》のできぬことである。

権六は山城や摂津の各地に軍を進めていたが、献上される金品があまりにも多いことで、物資の不足をそれほど感じずにすんでいた。

権六は黙って秀吉の言葉を聞いていたが、彼が笑ったような気がして思わずその顔を見下ろした。だが、笑みを浮かべて見えたのは気のせいだったようで、真剣な顔つきで能舞台を見上げている。

「いずれはわしの名で舞台を催してみたいものです。その時は権六さまにも客として壇上に上がってもらい、共に見たい」

身なりは立派になったが、随分と可愛いらしいことを言う。

壇上には、新たに征夷大将軍となった足利義昭を中心に、苦しい時に支えていた近臣たちが左右をかため、すぐ下座には信長が座っている。

畿内各地を任されることになる武将たちが居並んでいた。

河内《かわち》を任せられたのは三好長慶の養子で松永久秀と組んで三人衆と戦った三好義継《よしつぐ》と畠山高政《はたけやまたかまさ》。摂津は和田惟政と伊丹忠親《いたみただちか》、池田勝正《いけだかつまさ》。そして山城は細川藤孝に政が任されることになった。

そして、畿内諸国を任されている者に交じって松永久秀も、信長のすぐ下座にすました顔で座っていた。元々、義昭と久秀は仇敵《きゅうてき》の間柄でもあるはずだった。

義昭の兄、義輝は、三好三人衆らの反逆のために殺されてしまった。摂津守護の一人として名を挙げられた池田勝正にしても、ほんのひと月前までは池田城で織田軍と血で血を洗うような激闘を繰り広げた相手である。

「腹の中に色々あっても、ああして並ばねばならぬのか」

感心したように権六が言うと、佐久間信盛は呆《あき》れたような表情を浮かべた。

「お主こそ殿と戦をしたことがあるではないか」

「……そうだったな」

「戦をしようとしまいと、先の益になるなら、共に壇上に並んで能を見る。それが将たる者の器量なのだろうな」

だが、と信盛はため息をついた。

「あそこにいる池田勝正には、佐久間の名だたる武者が何人も殺されているのだ。戦での恨みを抱えていても仕方がないことはわかっているが、誰にも情というものはある」

二人の話を聞いていた林秀貞が、

「いつまでも尾張の田舎者の気分でいられては困る」

そう窘《たしな》めた。

「もはや殿は天下人であらせられる。天下を司《つかさど》る者が、人の世の常にかかずらっていては大局を見誤ることになるぞ」

「そんなことを言われても、元々が尾張の田舎者なのだから、そうは変われぬだろう」

「変わらねばならぬのだ」

秀貞は舌打ちをするように言った。

四

「畿内の諸国を分国にするというわけではないのですか」

惣介は尾張への帰り支度をしながら、つまらなそうに言った。

「ようやく権六さまも国持ちになられるかと思いましたのに」

「軽はずみなことを申すでない」

「ですが権六さま、畿内の諸国を任されている連中は、殿に刃向かった者たちですよ。大和の松永弾正など、一国切り取り次第と命じられているようですが、信を措《お》いてよいものでしょうか」

「殿にもお考えがあるのだろう。家中には誰一人として大和に詳しい者がおらぬ」

権六と行動を共にしている美濃三人衆の稲葉一鉄も言う。

「どこであっても新たな主を迎えるのは大変なことだ。美濃でも我ら美濃三人衆を始め、多くの国衆が殿に本領を安堵していただいた。そのおかげで、侍も百姓も安心してこれまでと同様の日々を続けることができたのだ」

「ですが、それではいつまで経《た》っても、権六さまが多くを得ることができない。稲葉さまは元々美濃に大きな知行を持っていらっしゃる。うちの殿は下社に城があるものの、まだそこまで知行が増えてはおりませぬ。率いる兵だけはやたらと寄騎をつけられて増えておりますが、権六さま自身の馬廻衆や小姓衆は、佐久間さまなどに比べても見劣りします」

「はっきり言いよる」

と権六は大笑いした。

「佐久間家は古くからの尾張の名家だ。比べてはならぬだろう」

「惣介よ」

一鉄が不意に表情を改めた。

「お主の不平、本当はそこではないのだろう」

ずばりとそう言った。

「俺は権六どのの寄騎として皆の働きを見ている。傷つき命を落とした者もいるが、権六どのに命を託してよく戦っている。なのに、その戦いぶりに見合った報いがないではないか、と怒っているのだろう」

「そういうわけではございませぬが……」

否定しつつも、一鉄の視線を受け止めきれず、惣介は顔を背けた。

「殿は多くの土地を、馬廻衆や小姓衆に分け与えているではありませぬか」

信長は家督を継ぐ前から、自らが手塩にかけて育てた近侍たちや、何の気兼ねもなく追い使える若い侍たちを少なからず抱えていた。彼らの多くは、元々土豪や国衆の次男坊や三男坊、そして諸国から流れ着いて信長の目に留まった者たちだ。

直接多くの兵を率いるわけではない彼らには、知行が与えられたとしても、土豪や国衆たちのようにまとまったものではない。

その代わり、信長の地位が高まり、手元に集まる富が大きくなるにつれて、その周囲にいる者たちも豊かになり、そしてより強い力を持つようになってきた。

尾張と美濃、そして伊勢北部、南近江と畿内諸国の政と戦を束ねるのであるから、信長が考えねばならぬこと、断を下すべきことは、清洲にいた時とは比べ物にならないほど増えている。信長の手足となって働き、四方にその意思を伝える者が必要となるのは当然ではあった。

「織田家が大きくなるほど、殿の近くで働いている者も増やさねばならぬし、その働きに報いなければならない。殿に近いからより大事にされていると考えるのは、妬《ねた》みというものだろう」

「権六さまが不満に思っておらぬなら、俺からこれ以上申すことはありません」

惣介はそう口にしつつも不服そうに押し黙った。

「左馬頭さまが将軍となり、これで一つ肩の荷も下りたと言いたいところだが、そうもいかぬだろうな」

配下の者に呼ばれて去った惣介の背中を見送りながら、一鉄は言った。

「そうだろうな。次は伊勢か」

権六は答えつつも、己の言葉の中にちょっとした疲れのようなものを感じた。畿内の諸将が屈服し、そして中国の毛利《もうり》、北陸の上杉《うえすぎ》、甲信の武田《たけだ》などが信長に敵対しない状況では、しばらく大きな戦はないだろうと考える者もいた。だが、信長を取り巻く状況を知っていれば、このまま兵を収めるとは考えないだろう。むろん権六も、自身の平穏にはいまだ程遠いことを思わずにはいられなかった。

五

「伊勢の調略もはじめはよかったのですが」

権六の妹を妻としている滝川彦右衛門《ひこえもん》一益が下社に立ち寄った。

「寝られてるのか」

「ええ、目は閉じていますよ」

一益の細い目は充血していた。顔は日に焼けているが、頬骨《ほおぼね》が出て疲れが表に出ている。

「うまくいかぬか」

「北伊勢はあらかた話をつけましたが」

「それだけでも大したものだ」

「殿のお力を借りることなく伊勢全てを落としたかったのですが……」

「さすがにそれは難しかろう」

「殿の目を驚かせてこそ手柄です。ですが、しばらくは皆さんの陰に隠れることになりそうですな」

織田家にとって何より守らなければならないのは、美濃の岐阜城と京の御所を結ぶ湖南の道である。南近江の支配者であった六角《ろっかく》は既に力を失い、北近江の浅井長政《あざいながまさ》は信長の妹お市《いち》を妻として、徳川家に匹敵する同盟相手となっている。

そうなれば、あとは南の脅威を取り除くだけである。

「伊賀《いが》との境に近い神戸《かんべ》氏は我らとことを構える気配は見せておりません。ですが、伊勢中南部の大勢力、北畠《きたばたけ》氏は言を左右にしてはっきりとした返事をよこしてこないのです」

一益の調略にも応える様子を見せない、という。

北畠氏は古く平安の世から伊勢を治めている、いわゆる国司大名である。信長が諸侯に命を下す際には、将軍家のためという名目を使うのが専《もっぱ》らであった。

「北畠父子は殿から命が出ていることを不愉快に思っているようですな」

伊勢中南部は肥沃な地と、伊勢神宮という、天下に隠然たる影響力を持つ大きな社を抱えていた。加えて北畠氏は、伊勢湾の水運にも強い力を及ぼしている。

「我らを成り上がりと見て、南伊勢には手を出してこないだろう、とどこかたかをくくっている気がします」

信長はそれを承知の上で、従うよう粘り強く説得を続けさせた。その一方で、馬廻衆や重臣らに対して戦備えを怠らぬように密《ひそ》かに命を下していた。

権六は一益に、北畠の力はいかほどか訊ねてみた。

「侮《あなど》れませぬ」

一益はそう言った。

「六角と同じように考えていては痛い目にあうでしょう。伊勢は南に下るほど、西に行くほど地勢が険しくなります。北畠は戦となれば大河内《おかわち》城に籠るでしょう。できることなら城攻めはしたくないが、北畠は南伊勢から出る気はなく、ただ自分たちの土地を守りたいだけかと」

「もしそうなら、殿に従ってもらえれば戦にならずにすむのにな」

権六はため息をついた。

「その理屈が通じるのなら、六角も戦わずに降《くだ》ってくれたことでしょう。いずれ負けるのはわかっていても争わねばならない故があるのです」

　その意地を潰《つぶ》すには、圧倒するほどの力が必要だ。

「今の我らであれば、伊勢の南半分を占める程度の大名であれば、容易《たやす》く勝てるのではないか」

「権六どのにしては迂闊《うかつ》な物言いかと」

　一益は顔を顰《しか》めた。

「その国にいる者たちは地の利と人の和を摑んでいる。同じ尾張者同士で戦っているのではなく、異国の者たちが攻め入ってきているのだから守る方は必死になる。必死な兵は戦いづらい」

　結局、伊勢北中部の神戸、木造《こづくり》、長野《ながの》は信長の味方となって先導し、その助けを受けて北畠一族を屈服させるための大軍を動かすことになった。

　権六も全容を摑んでいるわけではなかったが、尾張、美濃、南近江そして畿内諸国から動員された兵の数は、のべ七万とも称されていた。

　今回の戦では、権六と森三左衛門可成《もりさんざえもんよしなり》が馬廻衆と共に信長の本陣を固めるように命じられている。岐阜を発した信長の本軍には、各国からの軍勢が続々と合流し、伊勢街道を埋め尽くす馬蹄《ばてい》の音は早朝から日暮れまで続いたという。

北畠一族は歳《とし》若い具房《ともふさ》が当主となっていたが、まだ父の具教《とものり》が実権を握っていた。父親が健在なうちに子に家督を譲るのは珍しいことではない。また、この親子は不仲というわけではなく、南伊勢の諸将は一致団結して信長に対抗する気配を見せている。

伊勢は南北に長い地で、北畠の居城である大河内城は伊勢湾に近い松阪《まつさか》の西に位置する。大河内城は伊勢湾沿いの平坦な地が一旦終わり、西の山地から伊勢湾に注ぐ二本の川が合流する地にある。

権六と森可成の軍勢は、信長軍の盾になるように前に立ち、南への進軍を続けている。抵抗らしい抵抗はほぼなく、松阪の町が間近に見えるところまで進んできた。

唯一激しく抵抗したのは、織田軍が南下する街道を見下ろす山麓《さんろく》に築かれた阿坂《あざか》城であった。城を守るのは北畠家重臣の大宮含忍斎《おおみやがんにんさい》という勇将であった。

この城に対するよう命じられたのは、木下秀吉であった。

「彦右衛門でも落とせなかったというが……」

権六は内心心配していた。この二年前も、北伊勢の調略を一段落させた一益が伊勢全土を掌握しようと軍勢を南下させた際、ついに阿坂城を落とせず退いた過去がある。

信長の名による説得がきかないと見るや、秀吉は精鋭を自ら率いて先頭に立つと、城に取りかかった。その攻防戦で城方は猛烈な銃火を浴びせ、秀吉は含忍斎の息子《むすこ》の矢を足に受け重傷を負った。力攻めが功を奏さないと気付くと、四方の士民の言葉を聞き、城内で含忍斎に不満を持つ重臣がいないかを調べ上げ、重臣に内応を約束させた。

その者が城の火薬庫に水を引き入れたのを確かめるや、再び城に攻めかけ、二日と経たずに降伏させてしまった。

「前から思っていたが、藤吉郎は戦上手になったものだ」

森可成は感心したように言った。戦上手なのは信長だと権六は思っていた。美濃や近江での勝利は、信長の戦を洗練されたものにしている――そのように感じざるを得ない鮮やかさだった。

北畠は伊勢のあちこちに砦を築いて、南北に深い守りの陣形を作り上げていた。だが、信長は七万の大軍をもってそれぞれ一つ一つを潰すのではなく、猛然と南を目指した。嬉野《うれしの》にある阿坂城だけを猛烈な勢いで落とした後、他の城は落とすことをせずそのまま素通りし、大河内城を四方から包囲したのである。

大河内城は阪内川《さかないがわ》と矢津川《やづがわ》との間に南北に延びた丘陵上に築かれている。本丸、その西に西の丸、東に馬場、納戸、二の丸があり、本丸と西の丸の間には堀切がある。

二の丸の北端から西へ延びた尾根には虎口《こぐち》があり、その先にも堀切が設けられていた。南を近江衆、北は坂井《さかい》、蜂屋《はちや》率いる美濃衆、そして浅井の援軍、さらに信長を中心とする権六たち本隊は、城の東に位置する山上に陣取った。

「大軍での城攻めというのは壮観なものだな」

可成と権六は感心したように顔を見合わせていた。権六が率いる軍勢も三千を超えている。それでも総勢七万の軍勢が一つの城を取り囲んでいる様は、これまでに見たことのないとてつもない光景だった。

数万の軍勢では、一つ一つの旗印が小さな木の枝のように見える。どのような旗印を掲げていようと、華麗な甲冑《かっちゅう》を身に着けていようと、遠くから見ればどれも同じ一つの点に過ぎない。

「駿河《するが》もこのような気分で織田を攻めようとしていたのか」

今川義元《いまがわよしもと》は二万とも四万とも言われる軍勢を尾張へ差し向けていた。権六は攻め込まれる方の気持ちも分かる。それは古くから織田家に従っている者なら誰もが共有している思いだった。

城に籠っている方はどのような思いでいるのか。城の中でどのような評定《ひょうじょう》がなされているのか――。

もし北畠具房が信長のように果断な武将であったなら、打って出ることも考えるだろう。だがそれは非常に厳しい決断だ。野戦で敵の兵数が多ければ、勝つことは非常に難しくなる。戦は結局は、数の争いである。どれだけ多くの兵を集め、士気を高めさせるかだ。

権六には、南伊勢の将兵たちの戦意は旺盛であるように見えた。

「城内の者たちは怯《ひる》んでおるだろうな」

2019 4 中公文庫　新刊案内

ワルキューレ
巡査長 真行寺弘道
榎本憲男

書き下ろし

元モデルだという十七歳の少女・麻倉瞳が誘拐された。出世を拒否し、五十三歳で捜査一課ヒラ刑事の真行寺は、破天荒な要求をする誘拐犯と対峙するが――。

●820円

レギオニス　秀吉の躍進
仁木英之

書き下ろし

上洛戦で先鋒を務め、織田家中での存在感を増す柴田勝家。そんな中、越前の朝倉らが「信長包囲網」を展開する。軍団長たちの主導権争い、いよいよ佳境へ！

●660円

可成はまもなく城は落ちるだろうと気楽に見ていた。だが、権六にはそうは思えなかった。

「もし自分たちの城を美濃なり駿河なりの軍勢が押し寄せて囲んできたとしたら、ここで勝たなければ死ぬか全てを失うとわかっていたら、三左衛門はどうする」

そう問われた可成は表情を改めた。

「命を懸けて戦うだろうな」

六

一口に城を囲むと言っても、ただ軍勢を並べておけばよいというものではない。鹿垣《ししがき》を巡らせ、その垣と堀の間には、常に信長が信を措く馬廻衆が目を光らせていなければ成り立たない。兵の中には城の者から賄賂《わいろ》を得て、通してやろうとする者が出ないとも限らない。

一方で、信長は城をがっちり囲んだ上で、再度降伏するよう使者を送った。あくまで南伊勢で北畠家がこれまで持っていた権益を尊重し、分国にするつもりはないと約束していた。

それどころか、一族の者と結婚させて姻戚《いんせき》関係になるのはどうかと、持ちかけていた。

ところが、これは信長による譲歩である、と北畠家を勢い付かせてしまった。

北畠の軍勢は、大河内城の守りに自信を持っているようであった。数万の軍勢に初めは怯んでいたが、信長が何度も降伏の誘いをかけてくるのと、織田軍の誰もが城に攻めかかってこないので、ますます守りを固め、織田軍をやり過ごす自信を抱きつつあった。

織田軍は大軍勢で城を取り囲んでおり、これは信長が動員できる兵力のほとんどであった。織田家の勢力範囲は広大ではあるが、今のところ平穏を保っている。とはいえ、畿内には三好三人衆と、彼らに心を寄せる者もまだ健在であった。

兵が籠っている城を落とすのは手間がかかる。力攻めはなるべく避けたかった。他の戦より人死にが出過ぎる。

「こうして囲んでおけば、いずれは落ちるだろう。城には少なく見積もっても三千ほどは籠っている。どれほどの兵糧《ひょうろう》があるかは知らんが、それほど長くはもたぬ」

権六も可成の意見に賛成だった。本来、大河内城と連携して守りを固める砦は、すでに身動きが取れない。ここまでは、信長が考えた通りの戦の運びとなっているはずだった。

ただ、権六には一つだけ懸念していることがあった。

「殿の堪忍《かんにん》がもてばよいのだが……」

権六だけでなく、長く仕えている諸将は囁《ささや》き合《あ》った。

信長は何度か城攻めを経験しているが、このように四方をがっちりと固め、籠城《ろうじょう》しているる側が自ら降伏してくるのを待つような戦をほとんど経験していない。

美濃を攻めた際の稲葉山《いなばやま》城は、大河内よりも守りの堅い城であった。だが、城の中から内応する者が出て、さらに美濃三人衆が織田方についたことにより、斎藤龍興《たつおき》は抗戦を諦めて自ら城から落ちていった。しかし、大河内城ではこれといった武将が寝返ってくることはなく、数日経っても双方に動きはなかった。

城を囲み始めて数日経った未明のこと、権六は異様な気配を感じて体を起こした。東の空がわずかに白み始めている。信長の本陣が慌ただしく動きを見せているのに気付いて皆を叩《たた》き起《お》こして回る。そういえば、と主君の癖を思い出した。

勇壮に戦うのはよいが、自ら僅《わず》かな兵を率い、先頭に立って突進していくことがある。そのための備えは馬廻衆にさせているとはいえ、総大将が自ら矢面に立つなど、数万の軍勢を率いる者にあってはならない振る舞いだ。

隣の陣の森可成に送った使者が戻ってきた時には、すでに信長の本陣は動き出していた。例によって馬廻衆と小姓衆数百が猛烈な速さで大河内城へ向かっていた。権六は配下の将兵と、可成の陣の間を割るように駆け抜けた。

信長の馬廻衆は、主君が駆け出せばどのように動くべきか叩き込まれている。それぞれに走っているように見えて、いつしか隊列を組み信長を囲むようにして、一つの陣形を作りつつあった。

信長たちを追う権六は、面頬《めんぽお》に当たる風がもったりと重たいことに気づいた。空を見上げると、厚い雲が垂れ込めている。夜が明けるにつれてその雲は低くなり、朝が来るのを遅らせているようだ。やがて降り出した雨を見て、権六は即刻信長を引き留めなければならないと思うに至った。

「ついてこい」

そう言うと、権六の周囲を固める若い侍たちが一斉に走り出した。

「権六さまも殿の動きを見て一騎駆けしたくなりましたか」

惣介が馬蹄の音に負けじと叫ぶ。

「そうではない。この雨は攻めるに不利だ」

雨天で鉄砲を扱うのは難しい。

「こちらには難しいが、もし城側に十分な鉄砲があれば大変なことになるぞ」

信長の動きに気付いた諸将の軍勢も合わせて兵を動かし始めていた。七万の軍勢だから、同時にというわけにはいかない。権六は元あった陣の小高い丘に何人かの物見の兵を置き、軍勢の動きを逐一報告させるようにした。

このまま大軍勢で一気に押し込めば、あるいは城は落ちるかもしれない。こちらの兵力は相手の何倍もある。負けるはずはない。権六は下社衆の先頭を走っていたが、信長が近侍たちに囲まれて、指揮を取り始めたのを見て胸を撫《な》で下《お》ろした。

戦の様相は、軍議でおおよそ決まっていたものとはまるで形が違ってきている。信長の命があるまで城攻めをしないことになっていた。だが総大将自身が攻めかかってしまったものをもはや止めることはできない。城を囲む前に、あらかじめどのような攻め口があるか、将たちがそれぞれ考えてはいた。

だがその時、軍勢の中でも一隊だけ動きが遅いものがいることに気付いた。それが木下秀吉の陣であると聞いて、権六は意外に思った。

こういう時、信長よりも早く城に取り付いていそうなものだ。だが他人《ひと》のことを気にしているわけにはいかなくなった。どんよりと重たげな空から降りだした雨は急に強くなってきた。

権六は胸騒ぎを覚えた。かつて今川義元に尾張を攻められた際、その命を断ち切れたのは厚い雲が巻き起こした嵐のおかげだった。

寡兵《かへい》で大兵力に勝つのは難しい。しかし、天が味方した時、戦の趨勢《すうせい》は大きく変わることがある。それは信長自身が誰よりも知っているはずだった。

だが、雨が降り出しても信長を中心とする馬廻衆は前進を止《や》めなかった。

「殿を止めるぞ」

権六は周囲に命じた。

「城を攻めるのではないのですか」

勝豊は怪訝《けげん》そうな表情を浮かべた。総大将がこれから城を攻めようというのに、水を差せばまた、戦の最前線から遠ざけられてしまう。その恐怖が表情に浮かんでいる。

「総大将が討たれでもしたら軍は総崩れになる」

怯んでいる勝豊の尻《しり》を叩くようにして、信長の本陣へ向かわせる。権六は信長の本隊を追走し、いつでも前に出られるように物頭たちに言い含めた。

やがて、銃声が轟《とどろ》き前方から白煙が上がったが、長続きしない。

激しい雨のせいで火縄が濡《ぬ》れて銃が使えなくなったのだ。北畠勢は織田軍を十分に引きつけて、猛然と射かけてきた。それでも、信長の馬廻衆は一切怯むことなく、城壁へ取り付いている。

銃弾に頭や体を撃ち抜かれると、どのような勇者も耐えることはできず、堀の中へと落ちていった。本来であれば、味方の軍勢が城に取り付いているのを援護するために、激しく撃ちかけなければならない。

だが、雨中の弓矢と鉄砲では勝負にならない。何より城壁に穿《うが》たれた小さな銃眼から撃ってくるから、そこを狙《ねら》っても中々射撃を止めることはできない。

槍《やり》を取っても筆を取っても、何人前もの仕事をする。それほどの若者が一瞬にして傷つき命を落としていく。ここは戦場だ。戦で死ぬのは、弱く運のない者だ。だが、無駄に人死にを増やすものではない。

　下社の土豪である権六には、一人一人の肩に乗っている思いが見える。

「もはや城攻めはここまでだ。前へ出よ！」

だがそれは攻めかかるためではない。竹束を前に出し、本隊の前を遮る。権六は信長に馬を寄せると、

「退《ひ》きましょう。鉄砲が使えなければ、城攻めのお味方を支えることはできませぬ」

「また余計なところでしゃしゃり出てきおって」

　信長は激怒した。

「城攻めは始まったばかりだ」

「城兵が勢いづいて出てくれれば我が軍が崩れます！」

「そのために貴様らがいるのだろう！」

　怒鳴り合いになった。

「戦となればいかようにも戦ってごらんにいれます。ですが城の者たちは我らの攻めを退けているのに、打って出る気配がありません。つまりは、我らの攻めも彼らを怯《おび》えさせているのです。無理をする必要はございませぬ」

　信長は権六を睨《にら》みつけていたが、一つ舌打ちして退き太鼓を打つよう命じた。殿《しんがり》は権六と佐久間信盛が務め、激しい追撃があるかと身構えていたが、城の門が開かれることは

ついになかった。

七

この一戦は、攻防双方の心を揺り動かした。

攻める織田側は城の者たちの強さに意外さを覚え、そして、権六から見れば勝ったように見えた城方だが、これまでほとんどいなかった降兵が目立ち始めた。

数万の兵に囲まれる重圧はとてつもないものだろう。権六は自らの城を囲まれたことはないが、今川の軍勢を間近に見た時の衝撃をはっきりと覚えている。

降伏したいという誘惑を断ち切るには、主君への信頼と、己の名をどのように守るかという点しかない。武人にとって名を守ることは家を守ることに繋《つな》がる。

戦いは再び攻城戦に戻るかに思われたが、それから数日して城方に動きがあった。一騎の騎馬武者が本陣に向かってゆっくりと歩みを進めてくる。

「やつら、降るのか……」

戦端が開かれてから軍使が訪れるのは、いずれかが戦を終えたい場合だ。

騎馬武者はそのまま信長の本陣まで進んでいく。

「ここで降伏か？」

森可成も首を傾《かし》げていた。

「討ち死にした者の首を返せとか、そういう供養の話ではないのか」

権六もここで戦が終わるとは思えなかった。

「戦がずっと続いているならそれもあるだろうが、まだ一度槍を合わせたぐらいだぞ」

使者が信長の本陣の中に入って二刻が経った。談判するにしてもなかなかの熱の入れようだ。やがて、将兵の間でこの戦は間もなく終わるという噂が囁かれ始めた。

戦の際に根拠のない風説が兵たちの間に流れるのは珍しいことではない。それは敵の謀である場合もあるし、小耳に挟んだ噂話がさらに大きくなって流されていることもある。

そのような噂は大抵外れているものなのだが、今回に限ってはどうやら正しいようだった。使者が城に帰ると同時に門が開き、そして城の四方を囲んでいる者たちにも槍を伏せ、弓の弦《つる》を外すように命が下った。

やはり戦はここまでのようであった。

総大将が命じているのであればそれでいい。ただ、将兵たちの間にはこの戦は勝ったのか負けたのかよくわからぬという、釈然としない雰囲気が漂っていた。

織田と北畠の間に和睦《わぼく》が成立し、北畠父子は大河内城を出て松阪に移ることになった。同時に、信長は息子の一人信雄《のぶかつ》を北畠家に養子に入れることで、縁戚となることが約束された。

南伊勢の戦は一旦《いったん》終わり、各地から集められた軍勢もそれぞれの城へと戻っていく。権六も下社への道を辿《たど》っていたが、なぜ急に北畠家が城を開き、信長がその申し入れをあっさり受けたのかも気になった。

緒戦は織田軍が退けられる形になったが、あのまま戦い続けていればいずれ城は落ちただろう。背後で何か異変があったという話も、今のところ入ってきていない。

「どうやら都の方から戦を止めるよう促《うなが》されたようだ」

佐久間信盛が権六にそう耳打ちした。

「どちらからの働きかけか聞いておるか？」

と権六は驚きつつ聞いた。将軍か天皇のどちらが停戦を促したのか気になっていた。国を跨《また》ぐ戦の場合には、大義名分というものがいる。その大義名分に値するのが、都の象徴である天皇か将軍である。

信長は足利義昭を擁して京に入り、その力の後ろ盾となっている。その一方で、義昭を戴くことは、畿内で兵を動かす権威を信長に与えていた。

「殿は気分を悪くしているだろうな」

信長により近い信盛は表情を曇らせた。

「緒戦で一撃を食らわされても、七万もの軍勢を率いてこのまま引き下がるつもりはなかったと思う」

それは権六にも想像がついた。だが、将軍義昭からの直々の勧めとあれば、無視するわけにはいかない。その言葉をあからさまに拒んでは、今度は信長の方の名分が立たなくなるのだ。

信長ら本隊は岐阜へ帰る前に一度京へ立ち寄った。戦が終われば御所に挨拶をしなければならない。権六は直臣を率いてそのまま下社へと戻った。

戦は無事に終わり、和議の条件も織田家に有利に終わったことに権六は満足していた。下社の城に帰りつくと、出陣の前と何やら雰囲気が変わっている。美濃の稲葉一鉄を説得する際に配下となった孤児たちが、立派な具足をつけ、長槍を構えずらりと並んで権六たちの帰りを出迎えた。

子供たちの中でもすでに元服の年齢を超えているものは、今回の戦に従軍している。下社の周辺の土地は大方持ち主が定まっているから、新たに信長から与えられた知行を与えて、この若者たちを養うことにしていた。

「権六さまの近くで働き、手柄を立てとうございます」

中でも体格のすぐれた若者がつかえつつ言った。

「お前は……高針《たかばり》の甚八《じんぱち》か」

「はい！」

甚八は嬉しそうに頷《うなず》いた。桶狭間《おけはざま》の戦が始まる前、権六に鳴海《なるみ》あたりの情勢を教えてくれた百姓だった。いつか侍となって手柄を立てたいと言っていたのを思い出した。

「筋が良さそうなので。あと、権六さまへの敬愛がものすごく」

惣介が苦笑しながら言った。

「励んでくれよ」

他にも新たに見る少年の顔がいくつもあった。この子たちは信長の周囲にいる馬廻や小姓衆と同じだ。守るべき家や土地があるわけではなく、自分が功績をあげればそれが自らの立身出世に繋がっていく。

身の回りのことを務めさせ、戦の際に伴う者たちがこれまでいなかったわけではない。だがこれからは信長のように、より若く精強な近侍を多く抱えていかなければならない。

権六は彼ら一人一人に言葉をかけながら、大河内城での馬廻衆の戦いぶりを思い出してもいた。戦となれば勇敢でなければならない。臆したと見られれば、怯えたと指弾されれば、武者として生きていくことはできない。

逃げ帰る地もない信長の馬廻衆は、主君の目の前で死ぬことを恐れない。少なくとも、怖れている素振りは見せない。この少年たちも自分のために戦って死ぬ。士《さむらい》は己に恩寵《おんちょう》を与える者のために死ぬ。それは当然のことではあったが、あくまでも累代の付き合いの中で生まれてくる間柄だとこれまで思ってきた権六にとっては、新鮮で、酷にも思われた。

「権六さまは生き場所を与えてしまったのです」

妻のお筆《ふで》がふと言った。

「悪いことをしたような言い方だな」

「知らなければ、どのように酷な生死を迎えようとそれは無と変わりません。ですが権六さまは、あの子たちも私も眼差《まなざ》しの中に入れてしまいました。もう関わりないとは言えません」

「むろん、そのようなことは言わぬ」

お筆は安心したように表情を和らげた。

「私たちを見続けてください。健やかなままに。それが生き場所を与えた者の責です」

つと歩み寄って夫の胸に体を預けたお筆は、深く息をついた。その体があまりに細く弱々しく、権六は強く抱きしめるのを躊躇《ためら》った。

八

南伊勢は織田家の傘下に入った。大河内城は明け渡され、北畠の養子には信長の子が入った。織田家は人質を取られているようで、その実、北畠家の中枢を押さえた形にもなっていた。攻城戦では劣勢だったが、戦全体としては織田家の勝ちともいえた。

織田軍は瞬く間に南伊勢を席巻し、各地の支城は一歩も動けなかった。織田軍はいつでも北畠の領域を蹂躙《じゅうりん》できると示した。城を守れたとしても地と人を守れなければ勝ちはない。北畠が不利な条件で和議を呑《の》むのにもまた理由があった。

「殿はずっと不機嫌だ」

下社を訪れた林新五郎《しんごろう》秀貞の頰は以前よりもさらにこけていた。

「南伊勢が落ち着かないのか」

「それもあるが……」

秀貞は一日下社で泊まると言い出した。

「もし殿に何か言われたら権六が引きとめたと言ってくれ」

「俺が?」

「そうでないと息も継げぬ」

もともと心の底が読めない男だが、冗談を言っている感じでもなかった。権六は酒を持ってくるように命じ、二人で酌み交わした。肴《さかな》は貝の干したものと味噌《みそ》、大根の漬け物である。塩気が多く、酒が進む。

「忙しいのだな」

いつもの饒舌《じょうぜつ》を自ら封じるように杯を干し続ける秀貞を見て、権六も心配になってきた。

「よいではないか。一杯、又一杯だ」

「岐阜ではあまり飲まぬのか」

「いつ殿からご下問があるかわからぬからな。そこですぐにお答えしないとお叱りを受けるのだ」

「夜でもか」

「殿は時に寝入りの悪い時がおありなようで、突然小姓を寄こして、政の諸々をお訊ねなさる」

戦や危急の時でもない限り、務めは日の出から日の入りまでのことだ。夜更けに家臣を叩き起こすなどただ事ではない。

「周りの者は止めないのか。小姓どもは深更であっても起きているのか」

「殿が起きている時こそ世の昼なのだそうだ」

呆れたように言ってまた杯を干す。

「新五郎どのも？」

「そういう気持ちでいたいものだが、老いてくると中々にしんどいぞ」

張り詰めていた気持ちがふと緩んだのか、秀貞は大いに酔った。

「将軍になれそうな方を担いだと思ったら、今度は自ら担ぎ上げた将軍さまと諍《いさか》いを起こしなさる。うちの殿は本当にわしを驚かせるのがお好きなようだ」

それを聞いて権六も驚いた。

「公方《くぼう》と殿が諍いを起こすとはどういうことだ」

秀貞は杯を立て続けに干した。

「お二人は共に揃ってこそではないのか」

「いやいや」

秀貞は首を振った。

「公方さまは征夷大将軍となって、そこで満足するようなお方ではなかったようだ」

「というと？」

「本来将軍家は天下の武家に号令を発し、知行を安堵し、争いが起こればそこに割って入って天下の静謐を守る。それはよいのだが」

秀貞はすっかり白くなった鬢《びん》のあたりをしきりに掻《か》いた。乾いた皮膚の欠片《かけら》が床に落ちるが、権六は気にした様子を見せない。

「将軍家と意向が違うのは仕方ないことかもしれぬ。だが、何も貴殿はただ黙って座っておればよい、と言わんばかりに諫《いさ》めなくてもよいと思うのだ」

「どういうことだ？」

秀貞の酔いはひどく、話は行きつ戻りつではあったが、権六は大方理解した。武家の棟《とう》梁《りょう》となった足利義昭はその地位にふさわしい行いをとり始めた。四方の諸侯に京へ集まり伺候するように書状を送ったあたりまでは、まだ信長と考えを一にしていた。

だが、信長が南伊勢を攻めるために京を留守にすると、義昭は四方へ御内書《ごないしょ》を送り始めた。私信の形をとっているがれっきとした公文書である。

形式は私信と同じものであるが、将軍自身による署名や花押《かおう》、印判が加えられており、御教書《みぎょうしょ》に準じるものとして扱われていた。

信長の勢力が及ばぬ範囲ではいまだ多くの戦いが続き、日本全て静謐というにはほど遠い。

「そこを目指しておられるのは殿も将軍家も変わらない。だが、殿には殿のお考えや事情があり、実際に軍勢を率い、政を司っていないとわからぬこともある。それを公方さまはおわかりにならない」

秀貞は濃い酒気を伴ったため息をつく。

「では、大河内攻めが突然終わったのは……」

「都から双方に御内書が届いた。北畠は緒戦こそ我らに勝ったが、このまま支え切れるとは思っていなかったのだろう。すぐさま御内書の命に従うと内々に申し出てきた。その時の殿の顔ときたら」

秀貞は激しく頭を掻き、杯に乾いた皮膚が落ちていることに気付いた。

「これは……すまぬな」

「気にせんでくれ」

「心持ちが落ち着かなくなると掻いてしまうのだよ」

「酒も良くないのではないか」

「今日くらいは許せ」

秀貞は痒《かゆ》そうに体を震わせたが、それから後は頭を掻くことはなくなった。そこで我に返ったのか、杯に目を落としてしばらく考え込んだ。

「殿は将軍家に指図しようとされている」

「指図とはまた思い切ったことをされる」

権六にとってはやはり京というのは別天地である。天皇や将軍は天上人であり、いかに力を失ったとはいえ、冒しがたい気品を感じる。

「それは、権六が己の出自に気が引けているからだ」

秀貞は鼻で笑った。

「上洛する前にはわしもそのように感じることはあった。だがな、実際に幕府の奉公衆やら公家とやり取りをしていると、上品を装っているだけで奴《やつ》らは俺たちと何も変わらない。もっと言うなら、さらに品のないことも平気でやってのける。仲間を売り、自ら腹を見せて力のあるものに取り入ろうとするのだ。権六、お主ももっと飲め。飲んで正気に戻れ」

権六は苦笑して付き合う。

「殿も当然、都の者どものそういう姿を見ている。前に一度都に上った際には、まだ権六のようにそのきらびやかさに目をやられていたかもしれぬが、今や諸国の士が忠誠を誓う天下の主だ。何が本当で偽りか、見破りなさる。元々ある眼力に天下の主という神通力《じんつうりき》が加わったのだ。将軍家が相手といえど我らを見るのと同じだろう」

秀貞の舌は止まる気配を見せない。

「殿は何も、将軍家をないがしろにしようというわけではない。ただ、急に将軍に昇られたからといって、殿に相談なく好き勝手にやられると、より多くの争いが生まれる。それを憂慮されているのだ。もっとも、公方も殿を喜ばせようと思っている節もあってな」

秀貞の言葉に、権六は嫌な予感がした。

信長は自分のためとか家のため、そういう理由で他人の厚意を押し付けられることを激しく嫌う。幼い頃から導いてくれた平手《ひらて》政秀《まさひで》と決裂したのも、そのような側面があった。

「あの癖が出られたのか」

「癖と申したな」

秀貞は権六を睨んだ。

「癖で多くの人死にが出てはたまったものではない」

信長は我慢強いところもあるが、時に性急さを抑えきれないことがある。大河内攻めでも静かに城を囲んでいるかと思えば、いきなり馬廻衆だけを率いて城に当たったりする。

「ともかく、思い描いた通りにいかぬと一騎駆けするようなところがある。それが大功に繋がることもあるが……」

秀貞はそこまで言うと、杯を置いた。

「寝る」

そう言うなりごろりと横になる。権六は掛け物を持ってこさせ、大いびきの秀貞にかけてやった。心底を見せない男がこれほど大酔するのは珍しい。この酔態ですら本音からのものなのかわからない、とふと恐ろしく思った。

「様子を見にきたということですか」

翌朝、秀貞を見送った後で惣介は首を傾げた。

「新五郎どのは殿の傍らで諸侯との交渉や小荷駄の手配など、あらゆることを任されている。殿から求められるものがきついのは間違いないだろう。だがそれだけの信任を得ているともいえる」

秀貞があれほどに酔って信長への不満を漏らせば、同じように不満を抱いている者がうっかりと口を滑らせるかもしれない——。

「それはまことですか」

「殿はそれくらい俺には信を措いていない、と思っておいた方がいい」

「もう十分信じられているように思いますが……」

桶狭間の後、下社を訪れて見せたあの怯えが、権六にかえって恐怖を与えていた。怖れを知らぬ戦ぶりをするだけではない。己の行いや周囲に怯えるだけの弱さを信長は持っている。だからこそ、恐怖を与えかねないものは人であれ何であれ敵と見るだろう。

「だからこそ、俺は殿の信を得続けなければならぬ」

「ですが、権六さまの陣は此度の大河内攻めでも本陣すぐ近くにあったではありませぬか。本陣を守らせ、決戦の主力としてもらって本意に思ったものです」

「物事には表と裏がある。特に殿には、な」

そこを読めない人間を信長は嫌うだろう、そう権六は見ていた。

九

信長と義昭の、忠誠と義侠《ぎきょう》に溢《あふ》れた地方の英雄と、その英雄に素直に従う貴公子という構図は崩れ始めていた。

権六のもとにも、信長が義昭に対し強い諫言《かんげん》をしていることが聞こえてきた。その文面を教えてくれたのは明智光秀だった。光秀は義昭に仕えていたが、既に信長の信任を得て、直臣のように働いている。

「むろん、お二人がうまくやってくださることが、何より天下のためになると信じています。しかし、お二人は甲乙つけがたい英傑であるのです」

「英雄並び立たず、ということか」

光秀はしばらく黙り込んだ。

「いえ、並び立ってもらわねば困ります」

権六の胸のうちに、あまり経験のない意地の悪い感情が湧き上がってきた。

「並び立たぬ時は？」

「それは……」

はっとした光秀は、ふふ、と笑みを浮かべた。

「権六どのも人を試すようなことをされるのですね」

「つい先日、試されたかもしれぬのだ」

何かに納得したような表情を、光秀は浮かべた。

「確かに、殿は試すのがお好きですね。都に上られてからさらに用心深くなられた。都の人間に毒されたようです」

「都人には表裏があるのだな」

ええ、と光秀は頷く。

「都に触れるとみなそうなってしまうのです。誰もが心の底にあることを口にしない。彼らの心は言うなれば濡れた薄い紙を重ねたもので包まれているようなもの。破らぬように一枚ずつ剝《は》いでいかねば本心に辿り着けない。都に住めば魑魅魍魎《ちみもうりょう》にならねば生きていけない。ですが、物《もの》の怪《け》ではなく人でいるために、心に薄紙を纏《まと》うこともまた必要なのです」

「しかしそれは都の者どもの事情だろう？」

「そこなのですよ」

光秀はわずかに天井を見上げた。

「お二人とも正直すぎる」

「というと？」

「心に薄い紙を何枚も貼り付けておくのは、いらぬ諍いを避けるためでもあります。その紙を剝がしていくことで互いの心情を理解できる。ですが、お二人の心にはその薄い紙がない」

だが、権六は信長がそんなに単純な人間とは思えなかった。義昭もまたそうであろう。

「むろんです。薄い紙がないのは愚かであることを意味しているわけではありません。誰よりも聡明《そうめい》で高い志を持っているからこそ、何も隠す必要がない。だから私は、お二人を愛《いと》おしく思うのです」

「愛おしく、か……」

権六は光秀のつるりとした顔を思わず見つめてしまった。

信長と光秀が衆道《しゅどう》の間柄にあるとは聞いていない。信長の好む美しい少年たちとは、光秀はやや毛色が異なっている。

　信長が好むのは四肢のすらりとし、文武ともに優れた少年だ。光秀も確かにそうなのだが、彼らとは違い少年ぽさはない。だが光秀の瞳の中にあるものは、信長の馬廻衆が主君を仰ぎ見る時に灯《とも》らせる激しい情念の炎によく似ていた。

「もし上さまと殿が決裂するようなことがあれば、私は天下の静謐に役立つ方に身を捧げます。それが私と明智一族が苦難から抜け出る、たった一つの道だと思うからです」

　明智氏は美濃の名族ではあったが、斎藤家の内紛に巻き込まれて力のほとんどを失っていた。光秀が仕える足利義昭が将軍となり、さらに評価してくれている信長が天下の主と目されるまでに成長した今となっては、光秀こそが明智一族の希望の星なのだろう。

「私に人の上に立つ才はありません」

　謙遜《けんそん》している風でもなく、光秀は言った。

「私は殿という太陽によって初めて光を得る。私は殿のために全てを捧げるつもりでおります。そして上さまにもご自分もそうであると気付いて欲しい」

　光秀が危惧《きぐ》していたように、畿内の情勢は不穏なものになってきた。信長は四方の諸侯を京に集め、将軍義昭をお披露目する機会を作ろうとしていた。

　それはもちろんただの儀礼ではなく、信長からの誘いにどのような態度を示すかで、その大名の姿勢がわかる。信長に対して敵意を抱いているのか、それとも、従うことを拒まないのか。信長は全国の大名や国衆を試そうとしたのだ。

信長は、東西の大勢力に対しては、へりくだるような手紙を送り続けていた。武田信玄《しんげん》、上杉謙信《けんしん》、そして小田原《おだわら》の北条《ほうじょう》氏に西は毛利や大友《おおとも》。そして本願寺などには、義昭を奉じて都に上る意義を述べ、理解を求めていた。

だが信長は、自分と対等かそれ以下であると思えば、そう態度に示した。信長の織田弾正忠家は、家格で言うと守護代の奉行でしかない。古くから一国を束ねる立場にある者たちは、信長の勢力が広がるのを目の当たりにして、不快に感じても不思議ではなかった。

第二章　義と理

一

畿内の伊勢南部まで勢力下に置いたとなれば、不安が残るのは北陸から京への通り道である。越前一乗谷《えちぜんいちじょうだに》は朝倉義景《あさくらよしかげ》が治め、その力は若狭《わかさ》にも及んでいた。

古くから都との付き合いもあり、足利義昭も一度は朝倉を頼ろうとしたほどだ。朝倉は浅井とも長く同盟関係にあり、間柄で言えば信長とも敵対する必要はない。かといって従うつもりもなかった。

朝倉氏からすれば、織田家はいまだ遠い存在の成り上がり者であり、あれこれ指図されるいわれは何もないのである。その不快さと、将軍が心の中に溜《た》めつつあった怒りが結びつくのは、自然な流れではあった。

諸国へ御内書を以《もっ》て仰せ出《いだ》さる子細あらば、信長に仰せ聞せられ、書状を添え申すべき事

御下知の儀、皆以て御棄破あり、其上御思案なされ、相定められるべき事

公儀に対し奉り、忠節の輩《やから》に、御恩賞・御褒美を加えられたく候と雖《いえど》も、領中等之なきに於ては、信長分領の内を以ても、上意次第に申し付くべきの事

天下の儀、何様にも信長に任置かるるの上は、誰々によらず、上意を得るに及ばず、分別次第に成敗をなすべきの事

天下御静謐の条、禁中の儀、毎時御油断あるべからざるの事

信長が義昭に遵守《じゅんしゅ》することを求めた二十一条の最後に、この五か条が付け加えられた。諸国の大名はそれぞれの事情に併《あわ》せていわゆる分国法を定めているが、そのもとになっているのは『建武《けんむ》式目』であり、武家にとっては身近なものであった。信長の要求は『建武式目』と大きく離れたものでもない。

義昭は将軍位に昇ったことで、矢継ぎ早に自らの政道を推し進めようとし、その焦りが御内書を受けた諸大名にも危惧を与えていた。信長の求めは周囲から自然なものとも目されていた。

義昭が落胆していることは、光秀から権六に伝えられていた。

「あのお方は怒りや落胆を忘れることがございませぬ。怒りを恨みとして己の中に溜め、決して忘れることがないのです。それが上さまを生き残らせた。ただ恐ろしいのは……」

その恨みがどのような形をとるかがわからない、と光秀は言っていた。信長と義昭の軋《あつ》

轢《れき》は、改元にも出た。戦乱に明け暮れた永禄から、正統な将軍が都に戻ったことを一期として改元すべきだと義昭は考えていた。

だが信長は、正親町《おおぎまち》天皇から求めがあったわけでもなく、改元すべき災厄があったわけでもないと拒んでいた。ただ、まだ信長と義昭の対立は決定的なものではなかった。

「上さまと殿の戦など割に合いません」

岐阜で顔を合わせた光秀は権六を見ると顔を顰めて言った。

「ですが、戦わねば損が大きくなるなら叩くしかない」

永禄十三（一五七〇）年が明けて、信長は再び上洛することとなった。権六たち下社衆もそれに従う。義昭との軋轢が伝えられた信長であったが、権六へ言葉をかける際も随分と上機嫌であった。

「天下静謐の時は近いぞ」

無邪気とも見える表情で信長は権六に言った。

「副将軍の地位を受けられるのですか」

「そんなものはどうでもよい」

信長は畿内で堺を得た後は、特に官位を得ていない。上総介《かずさのすけ》、尾張守を称し、従五位下の位階を得ているが、それは父信秀《のぶひで》の位階を引き継いだに過ぎない。

「静かになる前に、まつろわぬ者たちを炙《あぶ》り出《だ》しておかねばならぬ」

自分が呼び出されてこのような話をされているということは、そのあたりの仕事をせよと命じられるのだと権六は考えた。

「越前の仕置をせねばならぬ」

「南伊勢のようにですか」

「そうだ。越前まで押さえておけば、あとは越中《えっちゅう》の坊主どもとその先は上杉だ」

本願寺とは表立って争う気配はないし、上杉謙信とは親しい間柄を保っている。

「権六、まずは一乗谷に赴いて我らに力を貸すよう申し入れて参れ。争いは我らの求めるところではない。上さまも左衛門督《さえもんのかみ》には恩義がある」

足利義輝が暗殺されて、当時覚慶《かくけい》と名乗っていた義昭が大和を脱出した際、まず力を尽くして助けたのは朝倉左衛門督義景であった。覚慶が義秋《よしあき》と名を変えたのも越前であったし、義秋が発する御内書に副署して力を与えたのも義景であった。

義昭が義景のもとを去ったのは、越中や加賀の一向一揆の力が強く、多くの兵を都へ差し向けられなかったのと、義景が幼い息子を失って落胆していたこともあり、義昭の求める出陣がならなかったからだ。

「そこで待てないのが上さまだ」

どこか突き放した口調である。

「左衛門督は悋気《りんき》を起こしているのだ」

嫉妬《しっと》しているから従わない、と信長は考えているようだ。

「六角と同じだ。自分たちの方が家柄が古い、高いなどとこだわっているから動きが遅くなる。どう振る舞えば己の利になるか、少し考えればわかるだろうに。一乗谷から狭い世間を見ていると料簡《りょうけん》まで狭くなるものと見える」

主命とあればもちろん行くが、古くから一国を治めているような大名が、利をちらつかせただけで動くとも思えなかった。

「権六、不服か」

「いえ」

すぐさま答える。信長の瞳は時に白く不気味な光を帯びる。お筆との婚姻の時のような温かな光が灯ることもあったが、権六の知る信長の瞳は大方こちらである。

「上さまは左衛門督に深く恩義を感じておられる。越前から挨拶に訪れ、天下の静謐を寿《ことほ》ぐために顔を出してくれればよい。本人が来るのが気が進まぬのなら、誰か使者を立てるだけでもよい」

信長の考えは織田家中としてはごく自然なものだ。だが、義景が意地になっているのもわかった。一国の主として長くその地位にいた者が、そうそうよそ者の前に膝を屈せるものではない。挨拶程度の使者を送れということすら、反発なしには受け取れないのだ。

「阿呆《あほう》はそのあたりの善し悪《あ》しもわからぬ。そうであれば味方にする必要もない。北畠も愚かではあったが、後に戦う利がないと理解して矛を収めた。朝倉には戦になる前にわからせたいのだ」

　確かにその通りだ、と権六も頷いた。だが、

「出陣の用意は進めておく」

　という信長の言葉には耳を疑った。都に限らず、岐阜にも朝倉の忍びは入り込んでいるはずだ。出陣の備えをするとなれば、どこに攻め込むかは隠すまでもなく明らかになるだろう。

「若狭に武藤《むとう》という者がおる」

　近江と越前の間には若狭がある。若狭の守護は武田氏であったが、越前朝倉に攻め込まれて当主は一乗谷に囚《とら》われ、ほぼ滅亡状態にあった。若狭の国衆たちは半ば自立しつつ、朝倉氏に従属して生き残りを図っている。

　武田四老と称された有力な国衆、武藤上野介友益《こうずけのすけともます》のもとにも、信長から上京するよう書状が届いていた。だが、友益が見なければならないのは京の信長ではなく、若狭を押さえているに等しい朝倉の顔色である。

　友益は上京をはっきりと拒んでしまった。それが信長に口実を与えるとは予想もつかなかったのだろう。

「備前守《びぜんのかみ》さまが怒るのではありませぬか」

北近江の浅井備前守長政は信長の義弟となっているが、長年朝倉とも同盟関係にあった。越前に向けて兵を送るとなれば、その諒解《りょうかい》がいる。

「新九郎《しんくろう》のことは心配いらぬ。ただ朝倉が顔を出すよう説得してくればよい」

それ以上の説明はしなかった。浅井新九郎長政も、織田と朝倉の間で戦が起きることなど望んではいまい。

二

権六は信長の書状を携え、越前へと向かうことにした。さすがに心細いので丹羽長秀《にわながひで》や前田又左《まえだまたざ》などを伴っていきたかったが、一方《ひとかた》の将となって皆忙しい。

「私がご一緒します」

と申し出てくれたのは光秀だった。

「お主も忙しいだろうに」

「今は落ち着いています。私は上さまと殿の間に立ち、上洛をお助けしてきました。ですが、少し事情が変わってきているのです」

光秀は少し寂しそうな表情を浮かべた。

「私は殿は上さまに劣らぬ英傑だと思っていると以前お話ししました。ですが、上さまの前であまりに殿のことを褒めすぎてしまったために、疎《うと》まれるようになってしまいました」

「そういうことなら一緒に参ろう」

と権六は応じたが、出発の直前になって、やはり今回はご一緒できません。そう頭を下げにきた。

「殿が、お前には他にやることがある。権六どのの面倒を見なくてもよいと」

「殿がそうおっしゃるならぜひもない」

元々期待はしていなかったので、権六は特に気にすることもなかった。

「その……権六どのはこの先誰と組まれるおつもりですか」

光秀は不意にそんなことを訊ねてきた。

「組むとは？」

「織田家も随分と大きくなりました。しかし私には織田家中に寄る辺がない」

光秀が今後義昭から離れたとすれば、信長に仕えるのが自然な道だろう。しかし、元々尾張の人間ではない。しかも、美濃でも力を失っている。信長自身だけでなく重臣たちとも親しくしていなければ立場は危うい、と危惧するのもわかる。

権六はもともと下社のあたりにいた土豪の血筋であるし、織田家の重臣の中では特に佐久間一族と縁が深い。伊勢で大いに活躍している滝川一益とも今では親しい間柄で、馬廻衆の塙直政からも縁戚になって欲しいと内々に頼まれている。

「むろん、十兵衛どのとより親しくなるのは嬉しいことだ。ただ、今は縁を結ぶべき適当な子がおらぬ」

「確かに……」

残念そうな表情を浮かべ、光秀は帰っていった。

「十兵衛どのは権六さまについていてもらいたいのでしょうな。佐久間では大きすぎるし、丹羽とは相通じるところがない」

惣介はそう評した。

「それを言うなら、俺は殿からは遠いし、つくなら別の者がよかろう」

「ですが、十兵衛どののように、周りをよく見て誰につくかを考えるのは悪いことではありません。殿は年々版図を大きくされております。当然その中で誰が重用され、誰が軽んじられるか、その争いも激しくなっていくでしょう」

話に乗ってこない権六に、惣介は苛立《いらだ》たしそうに顔を顰めた。

「手の中にあるものを大切にして、それを守ることだけを考えるのは、下社の主としては立派なことでしょう。ですが、織田家を大きくされている主君の下にある者としては、暢《のん》気《き》に構えていてはいずれ置いていかれることになりますよ」

「置いていかれるとは、誰にだ」

「それは……木下どののような目端の利く者たちです」

「また藤吉郎の話か。置いていかれようが何だろうが、織田家のために力を尽くし働くことに変わりはない。それで十分だろう」

「ただ与えられた仕事をしているだけでは、いずれ足りなくなります。そう思っているからこそ、殿のお傍《そば》で働く者たちは血眼《ちまなこ》になっているのです。そして何か大きな嵐が来た時に吹き飛ばされないように寄る辺を求めている」

　言い終えて惣介はため息をついた。

「やはり権六さまは強すぎるのだ。武人として何も恐れるものがないから、そうやって暢気に構えていられる。権六さまはそれで良いかもしれませぬが、我等下につく者たちは、もう少し欲を出してくださらぬものかといつも身を揉《も》んでいます」

「……わかった。大きな仕事がしたくないわけではないからな。ともかく、今は越前の朝倉備前守を説得することが大事だ」

　与えられたこと以上のものと言われても、権六にはよくわからない。先祖から譲り受けてきた土地を守ること。仕えている主君に対して忠義を怠らぬこと。柴田の名に恥じぬだけの槍働きと政を見せること以外に、何をすればよいのだ。

　権六はよくわからぬまま、越前への旅路を辿っていた。

三

岐阜から越前への道は、郡上《ぐじょう》街道をそのまま北上して越中を通り、北陸路を西へ入るのが最も近い。だが、越中は一向門徒が強い力を持ち、守護の富樫《とがし》氏を追い出して百姓の持ちたる国になっている。

本願寺は信長と表立っては揉めていないから、その領域を通ることは難しくない。ただ越前朝倉は、加賀や越中門徒と長年にわたって激しい戦いを続けてきた。

いくら権六が織田家の重臣といっても、敵対している朝倉のもとへ使いに行くという権六をおとなしく通してくれるかどうか自信がない。なので、一度近江に出て、同盟相手でもある浅井長政の領域を通って北上することに決めた。

長政とは上洛の先鋒を務めた際に、佐和山で挨拶を交わした程度だ。だが、その気品と威厳は、信長の妹お市を娶《めと》るに十分な資格を備えていると感じたものだ。

琵琶湖という優美で巨大な湖のほとりで育った若君は、このように育つのかと思うほどに、浅井長政という男には信長とも将軍義昭とも違う気品があった。夫婦仲は随分と良いとも聞く。そして権六が琵琶湖畔に出たあたりで、小谷《おだに》城から来たという迎えが数騎現れ、権六たちを出迎えた。

城に立ち寄ってくれという申し出だった。

長政は権六が越前に向かうことをおそらく知っているのだろう。何を言いに行くのか探りたいのかもしれない。権六と朝倉義景の間での話し合いを隠す必要はなかったが、信長が出陣の備えを進めていることは探られたくなかった。

それでも、浅井長政直々に迎えられて無下に断るわけにもいかない。今回は権六の供回りとして、美濃で配下に加わった若衆のうちの数人がついてきている。

年長の者たちはそれぞれにやることが多く、越前までついてくる余裕のある者はいなかった。皆の成長が嬉しくもあり、少し寂しくもある。権六はもう五十を前にしていて、人によっては孫がいてもおかしくない年頃だ。だが、子宝には恵まれず、佐久間の家から入ってきたり、養子にした数人がいる限りである。

「よく来たな、権六」

城の広間に通されると、長政が柔和な笑みを浮かべて迎えてくれた。

「越前まで使いをするとは大儀であるが、孫次郎《まごじろう》どのが呼び出しに応じぬから、義兄上《あにうえ》は腹を立てておるのではないか」

「腹を立てておられるわけではありませぬが、気にはかけておられます。なので私が赴くことになりました。朝倉どのは殿にとっても備前守さまにとっても大切なお方」

もっともである、と長政は頷いた。

「あの孫次郎どのも以前から公方さまのことを気遣っておいでだった。できれば丁重に扱って欲しいのだ」

「むろん、浅井家と昵懇《じっこん》の間柄にある朝倉家を粗略に扱うつもりはありません。おうかがいしたいのですが……左衛門督さまとはどのようなお方なのですか」

権六は朝倉孫次郎義景の人となりというのをよく知らなかった。六角義賢《よしかた》や北畠具房のような、教養はあるが、ごく古い人間だと想像はしていた。

だが、長政はそうではないと首を振った。

「私は孫次郎どのと義兄上はうまが合うのではないかと考えている。どちらも新しいことが好きで、将軍家に一大事があれば真っ先に助けの手を伸ばそうとする忠義の心も持ち合わせている。そして権六も一乗谷に行けばわかると思うが、まるで京がそのまま移ってきたかのような賑わいぶりと優雅さがある」

長政は続けて、父の浅井久政《ひさまさ》の代から朝倉家は陰に陽に助けてくれたと恩義に感じていると語った。そして朝倉家のおかげで、北陸の本願寺の勢力は越前で止まり、近江も平穏を保つことができている、と言う。

「浅井・朝倉の同盟あってこそ、江北の平穏がある」

権六は琵琶湖以北のことをほとんど何も知らない。都以上に異国の地である。

「北陸はなかなかに難しいところだ。昔から越《こし》の国といって、都人からすれば不破《ふわ》の関《せき》を境にして別天地になると考えていたほどだからな。まあそれも万葉《まんよう》の昔のことだが」

長政は笑った。

「私のいる北近江は、その越の国との境に最も近い。近江人は自分を都側の人間と考えているが、実際は風土や考え方は越の国に近い。彼らは粘り強く、そして諦めない。北国で生まれ育った者のとてつもない粘り強さが彼らにはある。決して敵に回してはならぬよ」

長政は遠まわしに、越前とことを構えるなと言っているのだと権六は感じた。

浅井家中の者は皆一様に、常に穏やかな微笑を含んでいるような、そんな柔らかさがある。それは長政も同じだ。だがその腕に盛り上がる筋肉や身のこなしを見ても、強靭《きょうじん》な足腰と、弱兵で知られる尾張の者ならすぐに討ち果たしそうな腕力を秘めていそうだ。

伊勢の大河内城を攻める際に、長政からも援軍が派遣されてきた。彼らが戦うことはほとんどなかったとはいえ、その軍容の見事さは、織田軍の諸将の間でも話題となるほどだった。


二人が話しているうちに、急に賑やかな声が聞こえてきた。

武人二人が話す、どこか重たい気配を掻き消すような軽やかな笑い声とはしゃぐ声が、こちらに近づいてきた。

長政は立ち上がり、子供たちを広間に入れないよう近侍に命じようとした。だが、権六はそれを押しとどめた。

「もはや難しい話はありませぬゆえ。むしろ御子《おこ》に拝謁させてください」

権六の言葉に、長政はほっとしたような表情を浮かべた。

すると、廊下を軽やかに踏み鳴らして三人の幼子が広間に駆け込んできた。手に手に小さな木刀を持って、やあやあと打ち合っている。

だが父の前に恐ろしげな顔つきをした大柄な武将が座っているのを見て、急に驚いたような顔をして廊下に飛び出して膝をついた。

「こちらは尾張からの客人だ。無礼のないようにしてくれよ」

そう長政が言うと子供たちは一礼し、また軽やかな足音を立てて奥へと走っていく。続いて静かな衣擦《きぬず》れの音がして、一人の婦人が広間の入り口で手をついた。

「大変ご無礼をいたしました」

そうやって頭を下げたのはお市であった。顔を上げた彼女の美しさに、権六はしばし言葉を失った。女性《にょしょう》を見て美しいと思ったのはお筆ぐらいであったが、北近江の大名の正室という立場と、夫から受ける愛情の光を受け、まばゆいばかりにその頰は輝いている。

「権六どの、久しいですね」

その声は慎ましやかでありながら、潑剌《はつらつ》としたものを感じさせた。

「お市さま、見違えましたぞ。お子さまたちも揃って息災のご様子、きっと殿もお喜びになることでしょう」

「私も兄上の大きなお手柄の数々、殿からお聞きして我がことのように喜んでおりました。天下に静謐と平穏が訪れ、戦も全てなくなるのであれば、これに勝る喜びはありません」

権六は胸の奥が詰まるような気がしたが、そうですなと大きく頷いてみせた。お市はまた一礼して去った。

「お市が表に出てくることは珍しいのだ」

長政は言った。

「きっと子供たちを口実にして、尾張の者と言葉を交わしたかったのだと思う。童《わらわ》どもは権六どののあまりに立派な武者ぶりに驚いて奥へ引っ込んでしまったが」

「怖がらせてしまい、申し訳もございませぬ」

「なんのなんの」

長政は楽しそうに手を振った。

「権六どのは己の見た目が恐ろしいと本気で思っておるのか」

「あまり優しい外見ではないかと」

「よい面構えだと私は思う」

長政の父浅井久政は、天下にその名を知られた英傑だ。浅井家が近江北半分を領有する大勢力へとのし上がったのは、久政の力によるものである。北は朝倉義景と結んで南の六角と戦い、そして北近江の意に反する国衆や土豪たちを屈服させて領域を確固たるものにした。

「浅井家がこの地にいられるのも、朝倉どののおかげなのだ。義兄上は我らにさらなる平穏と繁栄を与えてくれた。双方が仲睦《なかむつ》まじくとまでは言わぬが、争うことのないよう、穏やかな時を過ごしてくれることを私は願っている」

長政の表情はいつのまにか真剣なものへと変わっていった。権六は重たい気分を押し隠して小谷城を後にした。

四

あまりに大きな琵琶湖も、小谷城を過ぎて国境近くになると、対岸が間近に見えるようになる。

日本の東西を結ぶ道は、琵琶湖を使うかどうかで大きく変わる。尾張から西、都へ至る道は山が多く道も狭い。だが、この琵琶湖の水運を使うことによって、一気に多くの物資や将兵を東西に往来させることができる。

東の佐和山の港と西の坂本、堅田《かたた》の港、そして坂本の上には比叡山《ひえいざん》という大勢力があり、千年の歴史を誇っている。その対岸で最も強い力を持っているのが浅井家であった。

信の措けるお方だ。

そんな印象を長政には抱いていた。お市は浅井長政と政のために結婚させられている。だが妻の夫への眼差し、夫の妻への優しさ、それらを目にすると、政の犠牲というよりも互いの愛情によって結ばれた夫婦のようにすら思われた。

長政は、妻とその兄を悲しませるような決断を、そうそうは下さないだろう。だが、越前朝倉とは父の代からの義理がある。義理がたい男が、もし相反する義理の板挟みになった時、どちらを選ぶのだろうか。並び立つ道を歩めるのか……。

いや、その道を開くために越前へ向かうのだ。一抹の不安を抱えながらも己に言い聞かせ、権六は湖北の深い山並みへと入っていった。

だが、近江と越前の境、刀根坂《とねざか》にある関所で権六は止められてしまった。使者として向かうことは、朝倉義景に告げてある。身分を明かし正式な使者であると言えば、まずは交渉するのが筋であった。だが、関所の者たちは殺気立ち、頑として権六を通そうとしなかった。

「何万もの兵を越前に向けておいて何を話すというのだ」

関所の奉行であると名乗った男は、配下の者たちに矢を番《つが》えさせていた。

「待て待て。我が殿が兵を向けているのは若狭の武藤だ」

「若狭のことであればまず我らに相談があってしかるべきだろう。それに武藤は千も兵を動かせない。そこに数万の軍勢を動かすのは何故だ。そのまま越前に兵を向ける悪しき企《たくら》みを持っていることくらい、殿はお見通しだ」

「それが真《まこと》なら俺が越前へ差し向けられることはなかろう」

「どうかな」

奉行はくちびるを曲げた。

「柴田どのはかつて弾正忠どのに謀反を起こしたというではないか」

「あれは……謀反などではない」

「知ったことではない。力を惜しまれて使われているようだが、いつ寝返ってもおかしくない男など、越前で死んでもよいと思われているのではないか。それにお主が越前で殺されるようなことがあれば、戦の格好の口実となる」

これ以上進むことは許されない。それどころか、関所の者たちが弓と鉄砲を構え権六たちに向けている。権六に従う近習たちはいきり立ったが、

「ここは戦場ではない。退《ひ》こう」

彼らを宥め、浅井長政に仲裁を頼もうと考えた。だが、長浜《ながはま》には軍馬が集まり、ものものしい気配になっている。城を訪れたが、応対に出た者に、もはや権六どのと話すことはない、と拒まれてしまった。

権六はどうするべきか迷った。こういう時惣介や佐久間盛次《もりつぐ》を連れていれば、相談相手

になってくれるが、従っているのはまだ幼さが残る近習のみだ。

「権六さま」

若衆の一人、高針の甚八が袖を摑む勢いで進言してきた。

「すぐ下社へ戻りましょう」

「それだと殿に追いつけまい」

「殿がいくら足が速くても、先ほどの越前の者たちの様子を見れば、どこかで戦になるはずです。それに、権六さまが身一つで行くよりも軍勢がいた方が役に立ちます」

「はっきり言いおる」

鈍重だと思い込んでいた甚八が鋭い見立てを口にしたので驚いた。

「どこかで学んだのか」

「そら毎日権六さまの近くで働いておれば」

「この戦が終わったら槍も学問もまじめにやってみるがよい。ともかく、お前の言う通りだ。下社だけでも軍勢をまとめて殿の後を追おう」

それにしても、信長の動きは拙速に過ぎる。権六は舌打ちしたい気分だった。長政と話した限りでは、朝倉攻めについての諒解はまだ取れていない。というより、諒解を取るつもりがないようだ。

確かに、越前を押さえておくことは織田家にとって重要なことだろう。だが、それでお市の夫を苦しめてよいのか。

これは信長の不興を買ったとしても止めなければ筋が通らない。

そして、美濃を駆け抜けて下社へ戻ると、既に陣ぶれが届いていた。信長は越前を攻めるにあたり、京へ連れて行った兵と美濃衆、そして南近江の者たちを率いて琵琶湖の西を北上しているとの知らせがあった。

たとえ大軍であっても、信長は遅れることを許さない。ぼやぼやしていては馬廻衆を率いて先へ進もうとする。

今から尾張下社を出て琵琶湖の西岸を北上する信長の本隊に追いつくのは至難の業であった。だが甚八の言った通り、近江にいる間は疾風《はやて》のように北上できたとして、越前敦賀《つるが》は朝倉の勢力範囲である。

逆に、敦賀から木《き》の芽《め》峠を越えてしまえば、越前の主な地域は一気に押さえることができる。その防御線となるのが、敦賀の北、金《かね》ケ崎《さき》と天筒山《てづつやま》の二つの城である。

権六は二千の兵を率いて猛然と走った。

荷駄隊は後ろに置いて騎馬と壮健な者だけで三日駆けたところでようやく追いついた。琵琶湖西北岸にある高島郡《たかしま》から越前の国境までは山と谷が続き、用心して進まねばならない。

「外れてしもうた」

甚八はがっかりしていたが、十分な読みだと権六は誉《ほ》めた。

主君の前に出た権六は復命の報告をし、長政と争うようなことになるのはよくない、と諫めた。

「もはや談判の時ではない。新九郎のことは気にするな」

そう信長は言い切った。主君の白皙《はくせき》を見て、権六はひとこと言いかけたが、そのうちに信長のこめかみに青筋が立つのがわかった。それでも、長政の苦衷《くちゅう》を考えると黙っているわけにはいかない。

「権六、お主は余計なことばかり口にする。また戦の機会を与えられず、荷駄だけを運んでおりたいのか」

「ご下命とあればいかなる務めも果たしてみせます。しかし今、朝倉を攻めるは拙速に過ぎます。越前へ向かう前に小谷城に立ち寄りましたが、備前守さまは此度の出兵のことを気にかけておいででした。若狭武藤を攻めるのであれば何の問題もないが、朝倉と事を構えるのだけは困る、と」

「浅井と朝倉の同盟は父親同士のものであろう。新九郎は関係ない」

「殿はそう思われているかもしれませぬが、備前守さまにとってはそうではありません。たとえ父親同士の間で結ばれたものであっても、それは家と家の約束です。何の故もなく子が破るなど、こと備前守さまに限ってはけしてなさらないでしょう」

「ではどうせよと申すか。策があるなら申せ。ただし、今すぐ兵を退けとは口にするなよ。我らはすでに三万の兵を率い、勅命を奉じ、御所の許しを得て軍を進めているのだ」

「そのお許しの通り若狭武藤のみを討つのであれば反対いたしませぬ」

「それは分からぬ。若狭にも朝倉の息のかかった者が多くいる。左衛門督が下手《へた》な勘ぐりをして手を出してくれば、それを防がねばならん」

果たして、信長が軍勢を北に向けたことを知った義景は、二万の兵を動員して敦賀へと進んできたという。

それこそ、信長が狙っていた好機であった。義景が兵を動かせば、信長は戦う名目ができる。だが、信長と義景が槍を合わせれば長政は……それを思うと権六は胃のあたりが締め上げられるような思いがした。

五

朝倉勢は敦賀の入り口である金ヶ崎と天筒山に兵を入れた。

信長からすればこの程度の城はすぐさま落としてしかるべきものである。事実、城攻め自体は容易に終わりそうな気配であった。

越前国内には朝倉の小さな城や砦が無数に築かれていたが、信長は一切気にしていなかった。要地の城だけを落とし、後は一乗谷の朝倉義景の首を上げるまでだと周囲に話しているという。

諸将も意気軒昂たるものだったが、権六は気が重いままだ。その腹立ちもあって、佐久間信盛の陣に顔を出し、どうして止めなかったのだと問い詰めた。

「止めるも何も」

信盛は権六の腹立ちの意味がわからぬ、と首を傾げた。

「越前を押さえるのは我らにとって悪いことではない。朝倉の態度は六角や北畠と同じだ。いずれ戦うことになるなら早いうちがいい」

「それは分かる。だが、誰も備前守さまのことを言わなかったのか？」

信盛は決まり悪げな顔をした。

「軍議の中で言う者はいたが、殿が心配するなと一言おっしゃったのでそこまでになった。殿と備前守さまは義理の兄弟でいらっしゃる。ただ血縁を送り込んだというだけではなく、殿は備前守さまのお人柄を高く評しておられる。あの義理堅さ、戦の強さ、軍紀の行き届いたこと、いずれも見習うことが多いと褒めておいでだった」

「であれば、より丁寧に扱うべきではないか」

「それは俺に文句を言われても困る。殿は丁重に扱っている自覚があるからこそ、心配いらぬとおっしゃっているのではないのか」

逆にぐっと指を権六の胸に突き付けた。

「お主も余計なことばかり口にしておると、殿の不興を買うことになるぞ。権六が殿を不機嫌にすると、関わりが深い佐久間の声望も落ちるのだ」

それを言われると権六も苦しくなる。

「そんなことはわかっておる」

権六も、むっとして言い返した。

信盛も以前ならもう少し信長に意見していたような気もするが、最近は主君の勢いに押されているのか、信長に合わせることが多い。

だがそれは権六自身も変わらない。今回は、たまたま権六が長政と話をしたから、このように異見を述べることができた。もしそうでなければ、信盛たちと同じように疑問をもったとしても黙っていたかもしれない。


案の定、権六の軍勢は後ろに置かれてしまった。

「また余計なことを口にされたのでしょう」

惣介に叱られることになったが、それも仕方ないと考えていた。

「むしろ本陣の後ろにいる方が役に立つかもしれぬ」

「負け惜しみですか」

「そう意地の悪いことを申すな」

嫌な予感が当たらなければよいとは思ったが、やがてそれは現実のものとなった。

「近江から軍勢が北上しているようです」

物見の兵が報じてきたのだ。

「殿は⁉」

「もうご存知のはずです」

浅井長政の軍勢が猛烈な勢いで北上を始めている、という知らせが信長のもとにもたらされても、しばらく北上を止めよという命は下されなかった。虚報だと思っていたからだ。

今回の出陣で信長は長政に出兵を求めていない。朝倉と浅井の間柄を慮《おもんぱか》ったものだが、同盟相手が危機に陥っている場合でもないのに、自ら兵を出して助けに来ることはまずありえない。

浅井長政、逆心。

信長は最初、その報《しら》せを聞いて声を裏返らせ叱りつけたという。

「そのようなことがあるはずがない。確かめてまいれ」

馬廻の一人を浅井長政が北上していると思《おぼ》しき湖東へと急がせたが、その使者が帰ってくることはなかった。

権六が急いで本陣へ向かうと、信長は顔色を真っ青にして立ちすくんでいた。

「殿、退きましょう!」

信盛が叱りつけるように言った。

敦賀の手前、金ヶ崎にいる織田軍の勢いに押され、朝倉勢の動きはまだない。しかし浅井の軍勢が近付いていることを知れば、猛然と追撃をかけてくるに違いない。

「新九郎には市を与えているのだぞ」

呻《うめ》くように言った。

「朝倉につくのとわしにつくのと、いずれに利があるかもわからぬうつけであったか」

言い終わった時には、怒りが消えてあたりが凍り付くような白き気配がその全身から噴き上がっていた。

「……この償いは必ずさせる。皆を集めよ!」

権六は他の者たちが集まるまでの間、都への道筋を頭に思い浮かべていた。

都への通り道となっている朽木谷《くつきだに》の当主、朽木元綱《もとつな》はもともと朝倉氏と関係が深かった。信長に臣従を誓っているわけではないが、友好関係にはある。

やがて、本陣に主だった武将が集まった。

連枝衆《れんししゅう》、譜代衆、諸国から集まった国衆たちも等しく険しい表情をしている。

総勢三万の織田軍は、朝倉相手だけであれば、おそらく勝利を収めたであろう。しかし、五千とも八千ともいう浅井長政の軍勢が背後を突くとなると話は全く異なる。

戦でもっとも避けねばならないのは、背に敵を負うことだ。さらに危険なのが、腹背に敵を迎えることである。

殿《しんがり》として残る者は、敵から挟撃されて全滅する恐れさえあった。だが、誰かが殿に残らなければ皆が命を失う。

敗勢に陥った軍勢は何万人いても役に立たない。それは権六も桶狭間で間近に見た。信長も負け戦は初めてではないが、これほどの大軍勢を率いるようになって、あからさまな退き陣になるのは初めてだ。

権六は自分が残る、と手を挙げかけた。だがそれより前に、末座にいた木下秀吉が、

「それがしが務めます」

と凜《りん》とした声を放った。安堵のため息と、舌打ちに似た呻き声が聞こえた。

「壮なり」

信長は大声で称えた。

「だが藤吉郎だけでは心もとなし」

そして三人の名を呼んだ。摂津の雄である池田勝正、明智光秀、そして同盟相手の徳川家康である。秀吉は不服そうな表情を一瞬浮かべかけたが、すぐに平静なものへと戻した。

権六は、信長が家康の名を口にしたことに驚いていた。何もこのような厳しい戦場に差し向けなくてもと思うが、家康は全く不服そうな表情を浮かべず、ただ黙って頷いただけ

だった。それどころか、秀吉と一瞬目配せして、微《かす》かな笑みすら口元に浮かべた。

「それでは皆、朽木谷で会おう」

そして信長は殿を任せた四人の前に立つと、何も言わずがっちりとその手を握った。諸将の間に、おお、というざわめきが起きた。信長がこのような姿を見せるのは珍しかった。感極まっているようにも見えた。

やがて、厳しい表情に戻って身を翻《ひるがえ》すと、そのまま馬に跨った。馬廻衆と小姓衆が主君を守って南へと駆けていく。

丹羽長秀や佐久間信盛ら主力の軍勢も南へ下っていく中、権六は秀吉のもとを訪れた。

「出遅れた」

そう言うと、秀吉はにこりと笑った。

「権六さまにはまだ他にやるべきことがあります」

その言葉を聞いて、秀吉は死ぬ気なのではないかと心配になった。

「命を粗末にするでないぞ」

秀吉はくくくとおかしそうに笑った。

「権六さまは今度は小者の時からわしのことをご存知ですが、わしが一度でも自らの命を粗末にしたことがありましたか」

「確かに、藤吉郎は自分の命をうまく使う。だがそれは曲芸のようにも見える。危なっかしくて仕方がない」

「権六さま、これは商いのようなものです」

秀吉は得意げに言う。

「私が己の命を元手に比類なき手柄と名声を得れば損にはなりませぬ。殿のためにもっともっと大きな買い物ができる男になりたいのです。今はこの命を削っていますが、いくら削ってもなくならないよう、己の命を大きくしていかなければ」

「……あっぱれな覚悟だ。武運を祈っておる」

感心するほかなかったが、権六も信長と味方の軍勢を一人でも多く落ち延びさせなければならない。

下社衆に動揺はなかったが、南近江や美濃から付けられている寄騎の者たちには明らかに動揺があった。とても戦うどころではない。本心では、近江国境の浅井勢のいるところまで行って長政の真意を質《ただ》したかった。

織田家と戦うことが貴殿の本心なのか……。

権六ら柴田勢は、信長本隊の背後を守るように後退を始めた。

退却は、敵だけでなく、落ち武者狩りを狙う沿道の百姓たちの、獲物を見るような視線を受けながらだ。だが、下社衆の気迫が彼らを近寄らせなかった。

殿に残った者たちの無事は、日が暮れて軍勢の足が朽木谷に止まっても、しばらく定かではなかった。

六

勝利を得られず都に帰った信長の姿に、洛内は騒然としていた。

無敵と思われた信長が、馬廻衆に囲まれて越前から逃げ帰ってきたことは、人々の心に波風を立てていた。

戦に負けたわけではない。だが、都の人々にはそれが分からない。浅井と朝倉の軍勢に完膚《かんぷ》なきまでに叩きのめされたと噂を広める者もいたが、京に戻ってからの信長の態度の見事さがやがてそれを打ち消した。

御所と宮中に戦いの報告をし、都の貴顕を招いて茶会を催した。その悠揚たる様は大勝利を収めた総大将としてのものであった。

金ヶ崎から退くときには青ざめ、頬がこけているように見えたのに、今や怜悧《れいり》な横顔に微かに笑みを浮かべ、公家や僧侶たちの挨拶を受けている。堂々たる天下の主そのものの振る舞いであった。

そして何より喝采を浴びたのは、殿を守った四人であった。その中でも特に麗々しく凱《がい》旋《せん》してきたのは秀吉である。

「まるで一人で働いてきたような顔をしていなさる」

惣介は忌々しげに言った。

「それも藤吉郎の誇り方であろう。殿は功績第一を三河どのとした。ちゃんと見ておられる」

同盟相手の家康の勇気と好意に報いるものである。だが数日後には、京の者たちの間では木下秀吉が金ヶ崎の退き口《のくち》を守りきった、という噂で持ちきりになっていた。

戦場の噂など、真偽の分からぬことがいくらでも流れるから権六は気にしていなかったが、惣介は、秀吉が人を使って自分の功績を言いふらしているのではないかと怪しんでいた。

都の者たちは、表向きはかしこまってこれまで通り信長を恐《おそ》れ奉《たてまつ》るような表情を崩してはいなかった。だが、内心はそうでないことが徐々に明らかになってきた。

金ヶ崎から都へ戻ってからも、権六は下社衆と美濃衆を率いて西に東に忙しく働かねばならなかった。これまで誰よりも信の措けた浅井長政が敵に回ってしまった。北近江が敵に回ったことで、南近江の安全はもはや確固たるものではない。

信長に敵対し敗北した者たちが、これを好機と捉えるのはごく自然なことだった。

「新九郎を決して許さぬ。八つ裂きにしても飽き足らぬ」

陣ぶれに応じて岐阜に集まった諸将を前に、信長は憎悪を露《あらわ》にした。

長政も朝倉につくと決意した瞬間から、備えを始めている。

織田軍の侵攻に備え、越前の軍勢を北近江に引き入れる手筈《てはず》を整えていた。さらに、湖北の長比《たけくらべ》と米原《まいばら》に近い苅安尾《かりやすお》に新たに砦を構えた。

憎悪を露にしていながらも、いや、だからこそ信長は冷静に攻め手を打った。丹羽長秀らに命じて湖東の国衆たちに調略をしかけ、浅井方の堀秀村《ほりひでむら》、樋口直房《ひぐちなおふさ》を味方に引き入れた。特に長政の勢力範囲から南にほど近い鎌刃《かまのは》の領主、堀氏が織田方についたのは大きな成果だった。


永禄十三年改め元亀《げんき》元年六月十九日、堀と樋口の寝返りを知った長政は、長比と苅安尾の砦にいた浅井方の兵を退かせた。

「愚か者が。城に籠れば無事と思っておるのか。全て焼け。小屋一つたりとも残すな」

信長は厳命した。

長比に入った織田軍は小谷城への攻撃を始めたが、権六をはじめ森可成、佐久間信盛、蜂屋頼隆《よりたか》、木下秀吉ら主力は小谷城の城下町を焼き払うことに専念した。

灰となった小谷城下に満足した信長は、南へ一度退くと周囲に命じた。ただし、ここは長政の本拠地と指呼の間にある地だ。退くとなれば、必ず長政は打って出てくる。権六はそう考え、自らに殿《しんがり》を任せるよう信長に進言した。

「我らと佐久間、森の合わせて六千ほどの兵で殿を務めます」

だが信長は言下に拒んだ。

「新九郎め、足元に火を付けられても何もできぬ」

「できぬのではありません。しないだけなのです」

信長にもそれはわかっているようで、

「殿は八相《はっそう》の険におく」

小谷城の南西にある虎御前山《とらごぜんやま》の南端にある頂が八相山だ。ここからは小谷城と虎御前砦の動きがつぶさにわかる。どちらの兵も城下が炎に包まれても全く動きを見せなかった。

「わかりました。では我らが八相に残ります」

「権六、あの小さな峰に何千もの陣を敷くことはできぬ。馬廻どもで十分だ。狭い山の上で大兵《だいひょう》を動かすのはかえって危うい」

信長は簗田広正《やなだひろまさ》、佐々成政《さっさなりまさ》、中条将監《ちゅうじょうしょうげん》をその場に呼んで殿を命じる。三人は勇躍して八相山へと向かっていった。引き連れていったのは五百ほどと権六は見ていた。

「頼りない」

可成が吐き捨てるように言った。

「小谷城に籠っている半分でも出てくれれば、あんな小勢吹き飛ばされるぞ。金ヶ崎で藤吉郎や十兵衛が名を上げたのが奴らは悔しいのだ」

馬廻衆と軍勢を率いる家臣とではやるべきことが異なる。だが、主君を守って殿を務め上げた名声は武人であれば誰もが夢見るところだ。

「あの三人で三段の備えをするのだろうが、我らで四段目をやってやるしかあるまい」

可成の言葉に頷き、権六は八相山から竜《りゅう》ヶ鼻《はな》に続く道に沿って陣を敷いた。

果たして、夜明けと共に小谷城に多くの松明《たいまつ》が灯るのが見えた。権六はその数が千を超えているのを見て取ると、すぐさま佐々成政に使者を送り、殿を代わるよう勧めた。だが成政の返事は一言、否、であった。

やがて八相の殿軍に追い付いた浅井軍は猛烈な勢いで、殿一番隊の簗田勢に襲い掛かった。果敢に戦うが、山襞《やまひだ》の一枚まで熟知している浅井勢の敵ではない。

「山に拠《よ》るより降りてきた方がよい」

佐々隊が崩れたのを見て、権六は全軍に前進を命じた。

成政も見事な戦いぶりを見せていたが、浅井勢はさらに巧みだった。相手が足を止めれば鉄砲を、退き始めれば猛然と追って斬《き》り合《あ》いに持ち込む。

三段目の中条将監も引き継いだものの、浅井勢の勢いに押された。しかし、山の下には権六たちが待ち構えていた。

殿を破られ、空が明るくなるにつれて浅井勢の数は増えてゆく。

「これに朝倉の援兵が加わるとまずい」

権六はそれだけが心配だった。浅井方の戦意は猛烈なものだった。柴田勢に加えて、森可成と佐久間信盛も駆けつけてようやく五分となり、それでも巳刻《みのこく》から申刻《さるのこく》までのしのぎ合いとなった。

七

「賢明な退き方をなされたな。殿《しんがり》の置き方は気に入らぬが」

信盛は不服そうだった。

八相からの退き口も危ういところだったが、権六たちの働きで事なきを得た。信長からは労《ねぎら》いの言葉はあったが、金ヶ崎の英雄たちに対するものほどではない。

「馬廻衆に花を持たせたかったのだな……。ともかく、小谷城は堅いが、城下はいつでも焼ける。これを見せつけておけば」

と自分の首に手を当ててみせた。

「いつでも締め上げられる」

だが、信長が真に狙っていたのは小谷城の支城、横山《よこやま》城だった。小谷城の南には東西に姉川《あねがわ》が流れて琵琶湖に注いでいる。

姉川を隔てた先に小谷城が一望できる。

横山城を囲んだあたりで三河から徳川家康の援軍五千も到着し、織田軍は合わせて二万を超える大軍となった。信長は長浜の竜ヶ鼻に陣を敷いた。

一方、小谷城には朝倉景健《かげたけ》率いる八千の援軍が到着し、長政自身も五千の兵を連れて小谷城を出陣した。その数およそ一万三千。浅井、朝倉勢は横山城を救うため、小谷城の東にある大依山《おおよりやま》に布陣すると、南へと軍を進め始めた。

川を挟んで対峙《たいじ》した両軍の中で、先に動いたのは朝倉景健の軍勢だった。呼吸を合わせて浅井勢も川を渡り始める。

「本陣だけを狙っているのか。敵の背後に回るぞ」

権六は浅井勢の動きが思った以上に速いことが気にかかった。

信長の周囲には馬廻衆と小姓衆を中心とした三千ほどと、美濃三人衆が布陣していた。陣城を築いてはいたが、攻める城に向かっており、川を背にした守りは薄かった。

信長は浅井勢の動きに気付くとすぐさま十数段の守備陣を組んだ。

縦に深く陣形をとることで、渡河してきた敵を本陣に辿り着く前に疲弊させる。だが、浅井勢の突進は守備陣を数段破っても止まらなかった。

「怒りだ……」

権六と共に軍を進めている森可成が呻いた。

「小谷を焼かれ、多くを失った者たちが先鋒に立っているのだろう」

焼き討ちには濫妨狼藉も含まれる。懸命に守ってきたものを奪われた以上、織田軍は全て浅井勢の仇《かたき》になったようなものだ。

「だが、これも戦だ」

権六は敵のことだけを考えようとした。

浅井勢の突進は信長の本陣近くまで迫ったが、馬廻衆の精鋭と、側面から突っ込んできた織田諸将の軍勢を押し返すことができず、ついに退却を始めた。

今度は織田方の怒りが火を噴くこととなった。

疲れ、北へ逃れようとする浅井・朝倉の軍勢の多くが討たれ、そして火をかけられた小谷城下は再び炎に包まれた。このまま小谷城を一気に攻め落とすべきだ、と進言する者もいたが、信長はそれを許さなかった。

主君が退くのを見た横山城の将は絶望し、降伏した。

八

主君の命を救う戦いができた、と権六は自らを満足させようとした。だが、岐阜でも都でも権六たちの殿《しんがり》が浅井勢の追撃を退けたことを誰も知らなかった。

「吹聴して回りたいくらいだな」

「みっともないから止《や》めてくれ」

権六は可成を止めた。ただ、手柄に対するものかどうかは定かではなかったが、権六たちには南近江の城が与えられることになった。

琵琶湖南端に近い宇佐山《うさやま》城に森可成。そこから西より順に、

永原《ながはら》城に佐久間信盛、

長光寺《ちょうこうじ》城に権六率いる柴田勢、

安土《あづち》城に中川重政《なかがわしげまさ》、

佐和山城に丹羽長秀、

そして、小谷城南に位置する横山城に木下秀吉。

考えうる限り最強の布陣であった。だが、浅井、朝倉の勢いを止めたものの、小谷城は城下は焼かれたとはいえ健在であったし、敵の勢威を削《そ》げたわけでもない。そして、岐阜と都の道が危うくなったと聞いて、四国の三好三人衆が動いた。

畿内から追い落とされてはいたが、信長も彼らの本拠地である阿波《あわ》にまで攻め込んだわけではない。主力は温存されている状態で、その水軍も健在であった。

元亀元年の六月、信長が姉川に出陣していた頃、摂津の荒木村重《あらきむらしげ》が調略され、金ケ崎の英雄である主君、池田勝正を追放して三好方に寝返った。そして三人衆は七月二十一日に摂津中嶋《なかじま》に兵を進めて、野田《のだ》、福島《ふくしま》城を築いたのである。

三好三人衆は細川昭元《あきもと》や紀伊《きい》の鈴木孫一《すずきまごいち》ら雑賀《さいか》も引き入れ、総勢一万三千と号した。

対する信長は大和の松永久秀、久通《ひさみち》父子に出陣を命じ、信長も軍勢を率い岐阜を出立して河内へ急行した。

信長は南近江で権六が守る長光寺城に立ち寄った。

「八相では見事な戦いぶりであった」

その場で誉めなかったのに、と権六は意外に思った。

「いま少しあやつらには兵を与えるべきだった。権六や三左衛門の後詰《ごづめ》がなかったら危ういところであったが、後詰することを何故わしに告げなかった。勝手な真似は許さぬ」

誉めているのかと思ったら叱られていた。

「此度の摂津福島へのご出陣、俺も加わりたく願っております」

「わしらだけでは不安か」

「そういうわけではございませぬが……」

「河内の戦がどうなろうと、湖南を破られれば全てを失う。わしの意を汲んでしっかり勤めればよい」

結局主君を不機嫌にさせて終わった。権六は雄大な湖面を前にして、時折耳に入ってくる戦の様子に気を揉んでいるしかなかった。

三好三人衆相手に信長が負けるとは思えなかった。気がかりなのは鉄砲を大量に抱える雑賀衆が敵方についていることだ。城から鉄砲を撃ちかけられる苦しさは、伊勢の大河内城で散々味わった。

だが、信長も周到に城攻めの準備を進めた。同じく鉄砲で名高い根来衆《ねごろしゅう》を味方に引き入れ、三千もの鉄砲を揃えてみせた。さらに将軍義昭も直々に兵を率い、この戦の大義がどちらにあるのかを畿内に示した。

信長は野田、福島城の対岸に楼岸砦《ろうのきし》と川口砦《かわぐち》を築かせてそれぞれに諸将を配置。野田、福島城の対岸にあった浦江城《うらえ》を落城させた。


戦は信長の思惑通りに進んだ。

野田と福島は琵琶湖からの流れが無数に分かれて海に注ぐ、その中洲の上にある。城の周囲に巡らされた堀を埋め、対岸に土手を築いて櫓《やぐら》を建てると、鉄砲、大砲を撃ち込んで攻撃を開始した。

このとき、根来衆などの助けも得て付け城《つけじろ》の畠中城《はたけなか》も落城させると、たまらず三好三人衆らは和睦を申し入れてきた。

勝利を確信し、三好三人衆の勢力を畿内から一掃しようと考えていた信長は、申し入れを一蹴《いっしゅう》する。城に籠っている者たちは絶望したが、最後の希望を天下最大の寺院勢力に託した。

三好からの要請に拘《かか》わらず、間近で大軍を動かし、数千の銃砲を打ちかける織田軍の姿は、本願寺の高僧たちの心胆を寒からしめていた。織田の大軍が河内に向かっている九月初頭、顕如は既に戦を決意していた。

信長上洛に就《つい》て、此の方迷惑せしめ候。去々年以来、難題を懸け申し付けて、随分なる扱ひ、彼の方に応じ候と雖もその詮なく、破却すべきの由、慥《たしか》に告げ来り候。此の上は力及ばず。然《しか》ればこの時開山の一流退転なきの様、各身命を顧みず、忠節を抽《ぬきんいで》らるべきこと有り難く候。併《しかしなが》ら馳走《ちそう》頼み入り候。若《も》し無沙汰の輩は、長く門徒たるべからず候なり。

こういった檄文《げきぶん》が全国の一向一揆に送られ、急を告げる早馬が湖南の各城にももたらされた。だが、横山城の秀吉も、権六たち湖南の街道を守る諸将も動くに動けない。本願寺は抜かりなく、浅井・朝倉、そして伊賀に逃れた六角にも使いを送り、行動を共にするよう促していたからだ。

「これまで黙過してきた本願寺が動くとは」

畿内の情勢を見てきた者であれば、その恐ろしさに身を震わせたことだろう。権六も敵が一気に数倍の大きさになったような気がして、目眩《めまい》がしたほどだ。

「備前守さまへの不義理ゆえだな」

信長は浅井との盟約を破った、と本願寺は警戒したのだろう。和戦を簡単に覆す男が数万の軍勢と共に向かっている。野田、福島と石山は余りに近い。

顕如が挙兵したことによって戦況は一変した。

三好方は一斉に反撃に移り、織田軍近くの堤を破り、水攻めをしかけてきた。また、顕如自ら鎧《よろい》を着て織田軍の本陣に襲いかかり、楼岸砦と川口砦には石山本願寺から鉄砲を撃ちかけたという。

この事実は全国の門徒に衝撃を与えた。信長は顕如自らが成敗すべき仏敵と成り果てたのである。信長の支配下に入っていた各国の門徒の動きも、信長たちは警戒せざるをえなくなった。

そして権六たちは、浅井、朝倉の動きに虚を衝かれることになる。

九

「浅井の軍勢、湖西を南下！」

という報に権六は青ざめた。湖東の要地は小谷城のすぐ南まで押さえている。しかし、湖西には朽木氏など味方してくれている者はいるものの、高島郡、堅田の港、そして比叡山にしても戦って屈服させたわけではなかった。

湖西の要地、宇佐山城には歴戦の勇将、森可成が入っている。だがその兵力は二千ほどで、浅井・朝倉連合軍を止めるにはあまりにも少ない。

「すぐさま助けに行くぞ」

権六は湖南の諸城と力を合わせて西へ向かおうとした。だが、本願寺の命を受けた一揆衆と南から六角の残党が軍勢を送り込んできた。

近江を東西に分ける琵琶湖を南下するには、当然東西どちらかの湖岸を通らねばならない。東の方が広く平坦で大軍勢を動かすのに向いているが、浅井・朝倉からすれば横山城に秀吉が入り、鎌刃の国衆堀氏が織田方に味方しているので動きづらい。

「馬をひけ。三左衛門を助けに行く」

「いけませぬ。六角の手の者が甲賀《こうが》境を越えたとの報が」

権六は舌打ちした。湖南の諸城のうち、権六のいる長光寺城は東に位置している。敵が湖東を通ってきた場合は最前線となるが、湖西の道を選んだ場合は戦場からもっとも遠くなる。

「どのみち戦だ」

権六は既に具足を身に着けていた。

「六角の者どもにひと当てし、そのまま西へ向かう」

柴田勢が南へ向かうと間もなく、打って出てくることを予期していなかったのか六角方は南へと逃げ去ったとの報が入った。そのまま権六は西へと走る。宇佐山まではどれだけ馬を飛ばしても半日はかかる。

　宇佐山城を守る可成は、敵勢南下の報せを受けて、直ちに動いた。進軍を妨げるため、宇佐山城に籠ることをせず、出撃して坂本に陣取り街道を封じた。

　九月十六日の緒戦では、数万の敵をわずか千の軍勢で撃退した。しかし、石山本願寺の求めで延暦寺《えんりゃくじ》の僧兵も連合軍に加わり、さらに数を増した敵の攻撃を受けていると、援を求める急使が瀕死の傷を負って辿り着いた。だが、敵の連携によって柴田勢は動きを封じられて動けない。可成はなおも敵先鋒の朝倉景鏡《かげあきら》を押し返すなど激しく戦ったが、三方から押し包まれてついに命を落とした。


　森可成、織田九郎防戦火花を散らし、九天九地の下を通り、終日合戦なり。


と記されるような激闘の末の討ち死にであった。

　戦場に赴く限り死はすぐ傍にある。どれほどの勇者も死から逃れることはできない。権六は己の死も敵味方の死も平静に受け止めるよう努めてきた。

　己の命もまた、かりそめのものであるとの覚悟があった。それでも、可成の死を聞いて全身の血が逆流するような思いがした。

「もはや許せぬ……」

朝倉と浅井は合わせても二万を超えることはない、と権六は予想していた。だが、物見からの報告をまとめてみるとどうやら三万近い軍勢が北から攻め寄せてきているという。

その時、一騎の早馬が駆けてきた。黒母衣《くろほろ》を風に膨らませて近付いてくるのは信長の近侍である証拠だ。彼は権六に対し、すぐさま都へ向かうことを命じた。

「三左衛門どのの心を無にするな、との殿の仰せです」

「承った。殿は？」

「本願寺と三好三人衆が石山に籠っているのを攻めております。柴田さまは御所と宮城をお守りください」

「宇佐山はどうするのだ」

「都が先です。異見は殿に直接おっしゃってください」

反論を許さぬきつい口調で言い捨てると、主君の側近は西へと去った。

可成の心を無にしないのであれば、まだ持ちこたえている宇佐山へ向かい、敵と戦うのが何よりだろう。一軍を率いて琵琶湖を目指しながらも、権六は胸元からせり上がってくる吐き気を抑えられないでいた。

「権六さまは泰然としたものですね」

勝豊は感心したように言った。

「慌てたり怯えたりして欲しいか？」

「とんでもございませぬ」

若者は急いで首を振った。

「自分もそうしているつもりですが、傍から見てできているものかどうか自信がありませぬ」

「傍目を気にしているうちは、できているとは言えぬな」

勝豊は恥ずかしそうに頬を赤らめる。

「最初から全身胆《きも》のような者もおるが、むしろ珍しいのだ。戦をいくつも経て生き残っているうちに身に付いてくる」

「権六さまは初めからそうだったと佐久間右衛門尉どのにお聞きしました」

その秘訣を知りたいと勝豊はせがんだ。

「戦の勇猛さなら右衛門尉どのの方が上回っていると思うがな。ともかく、戦の切羽詰まった中でこそ己の真の姿が出る。その姿から目を逸《そ》らさずにいられれば、そのうち慌てなくなるのかもな」

からかわれていると思ったのか、勝豊は不服そうな表情を浮かべて権六の傍らから去った。

「琵琶湖も前とは違って見えるな」

佐久間盛次の声は重かった。

「そうだな……」

湖南から見る琵琶湖は変わらず美しい。以前までは柔らかく優しげであったのに、今は拒まれているかのように冷たく鋭い。比叡山から吹き下ろす風が白波を立て、はるか先に見える湖東の山々は霞《かすみ》に浮かんでいる。

権六は二千の兵を率いて間道を走り、京へと入る。山を越えて炎が空を照らしているのが見えた。

「敵は醍醐《だいご》や宇治《うじ》に火を放っていると見えます」

朝倉勢はここぞという時に動きが鈍くなる。その悪癖が権六と織田軍を助けている。権六は二条御所の守りを固めるなり京洛《きょうらく》の四方に人を走らせる。人々は浅井・朝倉の大軍が攻め寄せて自分たちの命と財物が危うくなるのを恐れている。すでに醍醐の惨状は洛中にも広まっていた。

都は守りづらい、と権六は考えていた。大津《おおつ》から醍醐への道を押さえられれば、洛内の要地を攻め取るのは難しくない。権六はすぐさま摂津で本願寺と対峙している信長に急使を送った。

「もし殿が間に合わなければ、御所を枕に華々しく戦って散るまでだ」

主だった者にはそう伝えたが、その声には高揚も悲壮もない。絶望的な戦況になるほどに心が澄み渡って、些事《さじ》が消えていく。ただ目の前の敵に心が集まっていく。

「敵は都に攻め込んでくるでしょうか」

惣介は言った。騒然としていた都はやがて不気味な静寂に包まれていく。問いに対しては答えなかった。目の前に敵が来れば叩くだけだ。勝敗はもはや天にある。相手が数万の大軍だろうが、勝敗は常に目の前にある。

そして信長の動きも疾風のごとく速かった。摂津から一夜のうちに都へと戻った。そして権六の顔を見るなり、

「何をしておる。敵は目前ぞ」

と休むことなく逢坂《おうさか》の関へと向かったのである。権六も遅れずついていく。信長の性格ならこのまま御所の守りを固めることはすまいと考えてはいた。

「殿、先鋒は我らが務めます。三左衛門どのの仇を」

「……わかった」

珍しく信長は素直に頷いた。権六は山城と近江の国境に向かって猛然と突き進んだ。浅井と朝倉の領袖《りょうしゅう》にどれほどの覚悟なのか見せてやろう、と戦意に燃えていた。

戦友が懸命に守った城をここで無駄にするつもりはなかった。そして、権六たちが反撃

に出れば、湖南の佐久間信盛や丹羽長秀が必ずや敵の側面を衝いてくれるはずだ。

「もし合戦になるならそれも望むところだ」

むしろ、森可成のいた宇佐山城の近くで弔い合戦といきたかった。だが、敵軍は湖の南西にある坂本の町に一度陣を敷いたものの、権六をはじめとする織田軍が猛進してきたのを見て、比叡山へと上がってしまった。

十

言うまでもなく比叡山延暦寺は千年の昔から、都周辺に強い影響力を持ってきた。北近江の湖の東側は浅井家の領域であったが、湖の西は延暦寺の力が強かった。琵琶湖の水軍を司る堅田の町を実質的に支配していたのも延暦寺であった。

「新九郎どもが湖西を自在に往来しているのは比叡山の坊主どもが加担しておるからだ」

信長は忌々し気に言った。

「古より都に仇《あだ》なす生臭どもの首を湖に沈めてやりたいがそうもいかず。ここは許してやるにしくはなし。ただし、朝倉・浅井と手を切ると約さねば焼き払ってくれる」

比叡山は何度か焼き討ちに遭っている。遡《さかのぼ》ること七十年、明応《めいおう》年間に管領《かんれい》細川政元《まさもと》と対立し、寺の中心である根本中堂をはじめ寺院の多くが焼き払われた。信長は敵を山から下ろすためには比叡山の上下にある寺院を屈服させねばならないと考えていた。

「そのためには一度完全に山の中に押し詰めねばならぬ」

比叡山の登り口だけではなく、あらゆる谷に織田の軍勢が押し寄せていた。だが、山の下では坂本の周辺を押さえているに過ぎない。山麓の重要な拠点の一つである堅田も比叡山の支配下にあった。

堅田はただの港ではない。琵琶湖の水上を支配する水軍を擁する軍港だ。信長はまずここを落として後顧の憂いを断とうとした。他の町と変わらず、多くの町衆と地侍が合議して町を動かしている。

だが、その地侍のうちに、織田軍の威容に怯えた者がいた。彼らは密かに信長に通じ、堅田を差し出すと申し出たのである。信長は坂井政尚《まさひさ》に堅田の接収を命じた。

出陣しようとする政尚が、権六の陣を訪れた。

ここしばらくは別々に仕事をしていたが、岐阜からの上洛戦では、権六と政尚、そして森可成と蜂屋頼隆が一つの軍勢となって敵にあたることが多かった。下社衆が久方ぶりに華々しい武名を上げた際も、政尚の率いる軍勢が助けてくれた。その恩義を忘れたことはない。

「最近は話すこともなかったな」

権六が言うと、政尚はにこりと笑った。

「浅井・朝倉との戦が落ち着いたら、都でぜひ一献。都の春はさぞ風流でしょう」

　ふと気づくと雪が降り始めていた。都も冬となれば雪が降り積もるが、琵琶湖から北は権六の想像もつかないほどに雪が深くなるらしい。

「雪景色も悪くありませんな」

　政尚はそう言うと背中を向けた。権六は思わず呼び止め、

「ご武運を」

　そう言わずにはいられなかった。

　徐々に強くなる雪の中に政尚の背中が消えていく。

「堅田には我らに通じているものが何人もいるようですし、すぐに落ちるでしょう」

　惣介が、去っていく政尚を見送りながら、自分に言い聞かせるように言った。

　戦としては難しくないはずだった。堅田の町は割れており、政尚率いる精鋭が乗り込めば、すぐにでも押さえられる。山上の朝倉勢は鳴りを潜めたままで、織田方の挑発にも乗ってこない。

「朝倉に戦意なし」

　権六も含め、織田方の諸将はどこかでそう高をくくっていた。だが、山の上からは織田軍の動きがよく見える。政尚の軍勢が堅田の町に入って間もなく、山の上から駆け降りてくる一軍があった。

それは山津波のような勢いであった。

比叡山に登っている朝倉・浅井連合軍だけではなく、比叡山の衆徒、そして本願寺の一揆衆どもが一斉に堅田の町に攻め入ったのである。

町を押さえて一息ついていた坂井政尚は、その地響きを聞いて己の命運を悟った。我らが天運を試さんと皆を励ました政尚は自ら弓を構え、町屋のあちらこちらから顔を出す敵兵を射倒していった。

政尚は町の南側に防塁を作り、矢弾が尽きるまで敵を倒し続けた。味方の救援を待ったが、堅田までは坂本からどれだけ飛ばしても一刻はかかる。退くべきだと勧める者もいたが、

「退きたい者は退け。だが俺は、殿の命に従って戦いきることこそが命の終わり方としてまっとうなものだと考えている。後は各々、己の名分を尽くせ」

と政尚は朗らかに応じたという。

無数の矢と銃弾が堅田の一角に集中する。さらに数倍にも及ぶ敵の刃の下に、政尚たちは倒れていった。

その奮戦は評判となったが、敗北は敗北である。そして山を囲む織田軍に対し、どのように戦えばよいか、浅井・朝倉方に光を示すような勝利でもあった。

十一

堅田の攻略に失敗した後、信長は囲いを解くこともできず、山上の敵の動きをただひたすら睨んでいるしかなかった。

山の上から一揆衆が呼吸を合わせて急襲して来れば、包囲を保てるかどうか定かではない。信長はそれをわかっていながら、かえって朝倉義景宛てに挑戦状を送るなど強気な姿勢を崩していなかった。

「決戦を挑む書状を送るとは」

権六は感心した。

日時を決めて雌雄《しゆう》を決する戦の作法は、古来ないわけではない。だが、実際に行う例は昨今なかった。浅井・朝倉の軍勢はもちろんその挑戦を受けなかったが、信長の旺盛な戦意は彼らを怯ませた。

「こちらは長くなればなるほど苦しくなる。伊勢の話を聞いたか？」

佐久間信盛も権六の陣を訪れ、無念そうに言った。伊勢長島門徒も浅井・朝倉の動きに呼応し、長島周辺の織田方の諸城を攻め立て、連枝衆の織田信興《のぶおき》が討ち死にする事態となっていた。だが、主力を比叡山麓に釘付《くぎづ》けにされている信長は動けない。

こうなれば痺《しび》れを切らせた方が負けである。寒さは日ごとに厳しくなり、雪が比叡の尾根筋を白く染め始めた頃、いつ終わるともなく続いた比叡の包囲は突然終わることになった。

「殿は和睦されるつもりらしい」

信盛から聞かされた時、権六はほっと胸を撫で下ろした。

「あちらから申し出てきたのか」

「と思っていたのだが、殿からだそうだ」

そして堅田の戦いから二十日ほど経った十二月十三日、和睦の起請文《きしょうもん》が取り交わされた。

信長は将軍と天皇を動かし、織田と浅井・朝倉双方の顔が立つよう綸旨を発してもらい、戦を収めるよう話をまとめたという。だが信長の浅井・朝倉への怒りが解けたとも思えない。

「この戦、朝倉が首謀者だったのか」

起請文の内容を伝え聞いた権六は呻いた。朝倉義景自身をさほど恐ろしいと思ったことはなかった。だが、信長と敵対した本願寺と密に連絡をとり、呼吸を合わせて大軍を南下させてきた手並みはただ者ではない。

「もしかして、備前守さまはうまく使われているだけなのかもしれぬ」

佐久間信盛に、もう一度時間を掛けて長政を説得するべきだ、と告げた。だが、

「それは無理だ」

と信盛は言下に答えた。

「殿のあの二人に対する怒りはただ事ではない。此度の戦が朝倉の呼びかけで始まり、たとえ備前守さまが口車に乗せられたのだとしても、その愚かさに激怒されるだけだろう」

激怒していても、信長は粛々と進むべき道を進んだ。諸将にすぐさま兵を引くように命が下され、山の包囲を解く。

敗北もないが勝利もない。ただ次の戦への備えがあるだけだ。権六や信盛は再び南近江の守りへと戻った。信長は都ではなく岐阜へと帰り、冬を過ごすことになったが、不穏な空気は欠片も消えたわけではなかった。

南近江の要地は、権六たち織田家宿将たちの活躍で何とか保たれている。だが本願寺の命で蜂起する一揆は後を絶たず、南近江の国衆たちの間でも誰が寝返るのかと疑心暗鬼が蔓延《まんえん》していた。年が明けて元亀二（一五七一）年になってもそれは変わらない。

最前線の横山城に詰めている木下秀吉が、攻め寄せてきた浅井と門徒の連合軍を撃退したくらいが明るい話題だった。

湖南から湖東にかけての要地を掌握しつつあった織田軍ではあったが、鎌刃以北は秀吉のいる横山城が点で支えている状態だった。湖東の有力国衆、鎌刃の堀氏が秀吉の寄騎に

ついたとはいえ、動員できる兵力は圧倒的に劣っている。

春の気配が濃くなる頃から浅井勢の動きは激しくなりはじめ、長政自身が横山城前に陣を敷いたのである。秀吉は迎え撃とうとしたが、鎌刃から助けを求める急使が来て驚愕《きょうがく》した。

長政の真の狙いは鎌刃城だったのだ。秀吉は城壁沿いに旗指物《はたさしもの》と藁《わら》で作った人形を並べさせると、竹中重治に城兵のほとんどを預け、自ら選び抜いた百名ほどを率いると、夜陰に紛れて東の山の中へ潜み、南へ二里ほどの鎌刃へと急行した。

鎌刃城内に籠っていた堀勢五百と合わせ、浅井井規《いのり》率いる浅井勢を挟撃した。一度琵琶湖の水際まで追い詰められた浅井勢であったが、秀吉たちの兵力が少ないと見切ると猛然と反撃した。

だが、秀吉はわずかな兵を手足の如く操って敵を疲労させ、ついには長浜へ追い散らしたのである。さらには、鎌刃で戦が始まったことに気付いた長政の本隊が横山城を攻め落とそうと押し寄せてきたが、留守を任された竹中重治も見事に城を守りきった。

「大したものだ」

権六は感心するしかなかった。

「助けを断るくらいですからな」

惣介は面白くなさそうな顔をしている。

「本当に助けがいるならそう言うだろう。いらぬお節介をしたのはこちらだ」

小谷城からの攻勢に気付いた権六は、秀吉に援軍を送ろうかと持ちかけていた。秀吉の力量を軽く見たわけではないが、一人で迎え撃つには荷が重いかと思ったからだ。だが、秀吉は周りの国衆に調略をしかけ、戦でも勝利を奪うなど大活躍を見せたのだった。

秀吉は、重苦しい中でも輝かしい戦果を上げた。権六自身も働いていないわけではなかったが、派手な手柄はしばらく立てていなかった。

だが、その機が訪れた。伊勢長島の願証寺門徒を討つよう命が下ったのである。

第三章　表裏の始末

一

北伊勢は滝川一益が調略と攻略を進め、多くの国衆たちが信長に従うことを誓っていた。だが、その誓いがあっても遠慮しなければならない相手がいる。それが長島の願証寺である。

尾張と伊勢の国境に近い砂洲にある長島は、織田家にとって目の上のこぶのような存在である。地侍の多くは織田家に従いつつも、願証寺の顔色は常に窺《うかが》っていなければならない。滝川一益もその存在を無視して北伊勢調略を進めていたわけではなかった。

「面倒なことになっております」

一益は渋い顔である。

「本願寺とことを構えるのは勘弁してもらいたかったのですが、もはやそうもいかなくなりました」

「厄介な戦なのだな」

権六も美濃で門徒一揆に苦しめられていたから、一益が渋面になる理由はよくわかった。

武家相手であれば城を落とすなり従属を誓わせるなりすれば勝敗は定まる。だが本願寺は寺を一つ落としたところで何も終わらないのだ。

「石山が殿に槍を向けたあたりから気配は一変した。小木江《こきえ》を救えなかったのは悔しくてならぬ」

一益はくちびるを噛《か》む。信長の弟、織田信興は六日間奮闘したが、一益も桑名《くわな》城を囲まれて身動きがとれなかった。

「もはやこちらが何を言っても従ってはくれぬな」

長島は尾張からすれば喉元に突きつけられた刃である。しかも伊勢の門徒は勢力が強く、いざ戦となれば織田家に従っている国衆の多くも願証寺につく恐れがあった。

「殿が直々に来てくださる」

「それは心強い」

と言いつつ一益の表情は冴《さ》えなかった。信長は自ら兵を率いてあちこちの敵と戦っているが、最近の戦績はふるわない。

「心配するな」

権六は言った。

「勝ってもおらぬが負けてもおらぬ」

どれだけの地と兵を抱えているかで考えると、織田家の勢いは全くといってよいほど落ちてはいない。むしろ伸び続けている。

「確かに……」

一益は我に返った表情で頷いた。

「だが勢いが止まったようにも見える。殿は退勢にあると勘違いする者が出る」

「だろうな」

信長の力量をよく知るはずの滝川一益のような武将ですら、主君は厳しい状況にあると悲観してしまうのだ。むろん権六もそう思う瞬間がないわけではなかったが、これほどの大兵力を養える者は、全国を見回しても武田や上杉など数えるほどしかいないことを考えると、いかなる勢力にも敗北するとは思えなかった。

だが唯一の例外がある。それが本願寺門徒であった。

門徒は百姓ばかりの集まりではない。信長の軍勢を支える足軽たちも、門徒の先鋒で戦う者たちも、元は同じ百姓だ。その指揮を執るのは国衆や土豪といった地侍である。

さらには本願寺には、多くの門徒を束ねてその心を煽《あお》り立て、死を恐れぬ兵士へ変える優れた将領が多くいた。

懸命に戦わねば仏罰が下り、討ち死にしても極楽往生を約束されると説く。神仏の力は、敵に回すとより一層その強靭さを感じさせる。神仏を信じて突撃してくる者たちには、並の足軽や武者たちにはない凄《すご》みもあった。

だが織田軍にも、そう簡単には引き下がれない意地があった。

信長が伊勢に率いてきた軍勢はおよそ五万。その中で主君の心に刻まれる手柄を立てるには、相当の働きをしてみせなければならない。

比叡山を囲む志賀《しが》の陣では、坂井政尚が堅田に己の命を懸けて名を残したが、他では横山城で木下秀吉が浅井長政の攻撃を退けたのが目立つぐらいだ。他の者たちはこの伊勢で手柄を立てなければならない。

権六は信長本陣の左翼を固める形で進撃を続けていた。いつも通り、従っているのは下社衆を中心に、美濃と南近江の者たちである。

「これほど忙《せわ》しく戦を続けるものなのか。身がもたぬ」

などと不平を漏らしている。南近江の国衆はまだ信長に従って日が浅い。戦の大きさと多さに辟易《へきえき》しているようだった。戦をしても得るものがあれば、まだやりがいもあるというものだが、今のところ信長に従って大きな果実を得たと実感できるほどの勝利がない。

ただ、長島願証寺攻めで五万の軍勢を動員し、馬蹄が大地を震わせている様は、諸国の者たちに畏敬の念を抱かせるに十分なものではあった。その大軍勢を迎え撃つ門徒の備えも、これまた十分なものであった。

本願寺は信長と表立っては争いを避けてきた。一方で、尾張の国境に向けて、いずれ敵対することを考えて多くの砦を築いていた。

二

長島のすぐ北の揖斐川河口には、巨大な砂洲がいくつもあり、深く広い川筋を天険とした砦を攻め落とすのは生半可なことではない。さらには、伊勢湾に面した長島門徒は強力な水軍も支配下に置いており、その襲撃を避けながら長島の本丸に近づくのは困難であった。

巨大な寺は城郭と同じだ。落とすには四方を囲んで出入りを封じ、援軍に気を配りつつ攻める必要がある。だが、長島城の周囲は砂洲であり、ごく狭い道を除いて城に近付く手段がない。

「太田口《おおたぐち》から長島の西へ出て、伊賀や石山、西からの援兵が入らぬようにする」

権六は諸将にそう告げていた。まずは願証寺坊主の胆を冷やさねばならない。戦は結局は相手を屈服させれば勝ちであり、相手に戦う利がないとわからせるのが第一だ。願証寺は攻めづらいが孤立しやすい地にある。

海津《かいづ》郡太田は美濃と伊勢の境にあたる。木曽《きそ》三川の西端、揖斐川を渡ったところで、織田軍は勢揃いすることになっていた。

「それにしても、身動きのとりづらいところだな」

美濃衆を率いる氏家卜全《うじいえぼくぜん》が四方を見渡しながら言った。揖斐川の西は木曽三川が山を削った土砂が広く積もり、見た目以上に足場が悪い。大軍勢を動かすには向かない地だ。

「殿が渡ってくるまでしばらくかかりそうだ」

南に見える長島に今のところ動きはない。ただ、軍勢五万のうち、信長の本隊と権六の軍勢を含む主力が川を渡るまでは、じっとしていてもらわねばならない。

「坊主どもは戦を知っておるからな。厄介でしょうがない」

南美濃の有力な国衆である卜全にとって、長島門徒は身近で恐ろしい存在だった。

「百姓の集まりと侮ってはならぬ。尾張衆は奴らを軽く見ている節がある」

「もはやそんなことはない。近江でも散々痛い目に遭わされてきた。殿も摂津で石山の坊主どもに対峙して、その力を知ったことだろう」

「だとよいが……」

卜全にはまだ不安があるようだった。

「ここは狭すぎる」

「長島の周りはどこもそうだ」

「水軍を整えてからの方が良いように思うのだがな」

願証寺はいうなれば海に浮かぶ城塞《じょうさい》であった。陸路から近づくには予想以上に細い道しかない。大軍勢がもっとも避けねばならぬのは、縦に長く伸びることだ。側面を衝かれては簡単に崩れてしまう。

「あの山が気になる」

卜全は伊勢の南北に連なる長大な山並みを指した。

「伊勢から大和、紀伊にかかる大山塊はこのあたりの者にとって己を守る盾であり、天然の砦だ。我らも川筋の城塞は大方捉えているが、山の中はどうなっているかわからぬ」

隣とはいえ別の国だ。おおまかな地理はわかっていても山襞の一つ一つまで熟知しているわけではない。権六は美濃で配下にした三右衛門《さんえもん》を呼んだ。

「山のことを知りたい。できれば力を借りたいのだが」

「親父どの、今は無理だ。俺たちはもう里に下りてしまったからな」

三右衛門の言葉に権六は驚いた。

「山の民から里の民に変わるのは、それほど大きなことなのか」

「もし親父どのが公家になったら、下社で土をひっくり返す日々を送れるか？」

「それは……」

己が公家になっている姿など想像もつかなかったが、どうやらそういうことらしい。

「では、このあたりの山のことで知っていることだけでも教えてくれ」

そういうことなら、と三右衛門は伊勢の絵図を広げさせた。

「伊勢から伊賀の山には手出ししない方がいい。あいつらは川蟹《かわがに》のようにいつも目だけ出してこちらを窺ってる。何が起きてるか、誰に勢いがあるのか、どうすれば生き残れるのかをいつも考えてる。だが自分たちに手を出そうとする奴は」

指を二本出して何度か閉じ開いてみせた。

「容赦なく挟みにくるというわけか」

「伊賀や伊勢の山に住んでる地侍たちは……いや、どこでもそうだが山を住《す》み処《か》としている連中は寡黙《かもく》だが頑強だ。都も近いから政の情勢にも詳しくて、俺も伊賀の人に色々教わったことがあるよ」

「門徒と山の民の間柄はどうなのだ」

「本願寺は吝《しわ》いんだ。働きがよければ極楽、悪ければ地獄って、生きてる人間にはよくわからないことで人を動かす。山の民は天地の力を信じてるし神さまを拝みもするが、死んだ後のことよりも、その日の狩りや山仕事がうまくいくことを願うんだ」

三右衛門は、かつての暮らしを懐かしむように言ったが、すぐに表情を戻し、

「本願寺の教えは里の教えで、山と親しくはない。でも本願寺の力はあまりに強いから、通じている者も多いはずだ。気軽に頼るべきじゃない」

と権六に告げた。

「まずいな」

北伊勢の関氏や神戸氏は早くから信長に通じていたが、願証寺門徒とも関わりがないわけではない。信長と門徒がぶつかるとなれば及び腰になるだろう。

悪いことに、織田軍の主力が陣容を整えるのに手間取っている間に、西に連なる多度《たど》の山々から鬨《とき》の声が聞こえてきた。

「山が向こうについたか、組み敷かれているのかもしれん」

三右衛門が呻くように言った。

「大軍を攻めるにはここしかない、という場所だな」

背後に逃げ道がなく、山から駆け下りてくる敵を足場の悪い細い道で相手にするのは何よりも不利だ。権六は弓や鉄砲を道の脇に並べ、信長たちにはすぐさまここから退くように進言した。

「また権六は忌々しいことを言いおる」

「先へ進めばさらに忌々しいことになります」

「確かにそのようだ」

信長の決断も早かった。

「分かった。すぐさま岐阜へ戻る。権六、殿《しんがり》も任せたぞ」

権六は主君の返答を聞いて安心した。

長島を落とすにはさらに入念な備えが必要だ。それは間違いないが、まずはこの危地を脱しなければならない。

門徒衆は猛然と鉄砲を撃ちかけてくる。その数は権六の軍勢に引けをとらないうえに、正確にこちらの兵を撃ち倒していく。

権六は同じく殿軍を命じられた氏家卜全の前に自ら出て、一揆衆に突きかかった。相手の鉄砲衆が巧みであれば、むしろ間合を潰して乱戦に持ち込んだ方がよい。

太田口から長島への道は、馬一匹がようやく通れるような狭い道であるが、足場が悪いのは敵にとっても変わらない。

「これより後は軽々に動くな。引きつけて撃て」

権六は周囲に命じると諸隊は街道沿いに伏せた。

権六の鉄砲兵も動きの悪い門徒衆を着実に倒していく。だが敵は猛烈な勢いで数を増やしていく。一揆と戦う時はいつもこれだ。いつの間にか、地から湧き上がるような軍勢が目の前に迫ってくる。

権六は慌てなかった。悠然と兵の間に立ち、戦況を見つめている。権六が動じなければ、兵は落ち着きを失わない。戦場は総大将の豪胆さを試す場でもあると権六は骨身にしみて知っていた。

その時、長槍の一隊が急に前に出て一揆と乱戦を始めた。

「理介《りすけ》のやつ……」

勝家は佐久間理介盛政《もりまさ》の隊が突出するのを見て舌打ちした。そして自ら槍をふるって一揆勢を蹴散らすと、盛政たちを引きずるように下がらせた。

その間にも門徒衆の数は増える一方だった。殿《しんがり》の兵たちは一人、また一人と倒れていく。権六の周囲でも、馬廻の者たちが傷を負い始めた。

それでも権六は退けとは言わない。信長の本隊がまだ揖斐川を渡りきっていないからだ。

その時、氏家卜全が馬を寄せてきた。

「殿を代わろう。ここは任せて権六どのも下がってくれ」

だが権六は動かなかった。全身が脈打っているように感じる。銃声と、具足と刃がぶつかり合う音、そして絶叫が響いている。

ここで下がるわけにはいかない。常であれば戦況が厳しくなるほど、権六の心は澄み渡っていく。なのに、今日は違った。何か濁りのようなものが胸の奥底で渦巻いている。

藤吉郎たちにできていたことが、自分にできないはずはない。八相の退き口でもまだ足りないのであれば、もう一度力を見せつけるまでだ。

「権六！」

強い声で呼ばれて、濁っていた目前の風景が元に戻った。気づくと、卜全が権六の太股《ふともも》のあたりをきつく布で縛っている。先程盛政を助けた際に銃弾が当たっていた。

「なぜ深手を負ったことを黙っている。お前が死んだら下社衆とお前についている美濃衆がみな死ぬのだぞ。もう十分戦った。後は任せて権六は下がれ。我らも後に続くから」

そう言って小姓に退き太鼓を叩かせ、柴田勢を下がらせた。何とか馬上にいた権六であったが、長光寺の城に着いたあたりで気を失ってしまった。

そして翌朝、意識を取り戻した時に告げられたのは、信長たちの主力は無事に岐阜に帰りついた一方、氏家卜全が討ち死にを遂げたという知らせであった。

三

傷を負った権六だが、ゆっくりと養生する暇は与えられなかった。

信長は長島でも勝ちを得られず、本願寺への敵意をさらにつのらせていた。

「償いはさせる」

浅井長政の寝がえりを知った時と同じ言葉を信長は発した。珍しく、傷を負った権六のもとを訪れた信長の戦意は、全く衰えていなかった。

「卜全を失ったのは痛い」

美濃三人衆の一人にして、戦巧者《いくさこうしゃ》の卜全の姿は常に戦場にあり、信長の信頼も厚かった。

「三左衛門も卜全も、権六がしっかり働いていれば守れた」

こうも叱られるか、と権六はさすがに肩を落とした。肝が冷えるような主君の視線を、権六は受け止めきれなかった。信長が悲しみを一切出さず、怒りのみをぶつけてくることに戸惑《とまど》いを覚えつつも、ただ黙って主君の怒りを一身に受けていた。

「……つまらぬ」

「は？」

「よい。長島の坊主どもを根切りにするというのがわしの目指す勝利だ。だがその前に、かたをつけねばならぬのは近江であるし、そのためには本願寺を黙らさねばならぬ。坊主どもを封じるために畿内に静謐をもたらす必要があるが、そのための戦は少ないほどよい」

それにしても、と信長は扇を膝に打ち付けた。

「坊主どもは極楽往生を謳《うた》っていながら、この世に地獄を現す痴《し》れ者《もの》よ」

収まらない信長の怒りが伝わってくる。太股を射貫いた銃弾の痛みを思わず忘れるほどに、信長は荒ぶっていた。

「三左衛門や卜全の仇は必ず討つ。表裏の償いは必ずさせる。そのためにはお主が皆の先に立って戦わねばならぬ。権六、此度の殿《しんがり》での戦いぶり、見事であった。だが次はさらに励め。まだまだ猿にも及んでおらぬ」

一瞬の喜びの後に、肌が粟立《あわだ》つような嫌悪が全身を走った。

「まずは比叡山からだ」

そう言い残して信長は岐阜へ帰った。信長の言葉通り、一度目の長島攻めから三ヶ月後、佐和山を守っていた浅井方の将を寝返らせたのを手始めに、再び数万の兵を動かした。

権六の傷は癒《い》えきってはいない。痛みも痺れも残っていたが、周囲には言わず兵を率いて馬上の人となった。

「全く治っておらぬではないか」

一目見て佐久間信盛は見抜いた。

「相当な深手だったのだな」

「鉄砲傷は矢傷より始末が悪い」

「お主ももういい年だ。若い衆も育ってきておるし、そろそろ隠居でもしたらどうだ」

「まだまだだ」

信盛はそこで何かを思い出したように表情を曇らせた。

「前の退き陣で理介がやらかしたらしいな。きちんと叱ったか」

「戦意に押されてのことだ。悪いことではない」

「権六は若いのに甘いぞ」

「右衛門尉どのこそ人の心配ばかりしおって、槍が重くなっておるのではないか」

権六は言い返した。

「措け措け。減らず口を叩く元気があるならまだ大丈夫じゃ」

近江湖東の一揆の本拠地と浅井を叩いた後、信長は比叡山へと向かっていた。そして、坂本の手前で陣を敷くと諸将を集めた。

「これより比叡山を攻める。右衛門尉は高島から。権六、藤吉郎は坂本口より、丹羽五郎左と美濃衆は坂本を焼け」

諸将は一瞬静まり返った。此度の出陣では都に一度上り、本願寺の蠢動《しゅんどう》によって揺れる畿内を落ち着かせ、石山と一戦交えると考える者が多かった。

「殿、ご再考を」

声を上げたのは信盛であった。

「比叡山は我らに刃向かったとはいえ王都鎮護の聖山です。戦は一度終わり、和睦の誓いも交わしておるのに」

「黙れ」

甲高く、刺《とげ》のある声が信盛を制した。

「あの山の坊主どもが浅井・朝倉を手引きしたばかりに、三左衛門も坂井右近《うこん》も無駄に命を落とすことになった。やつらの仇は必ず取る」

その言葉に森可成の息子、勝三長可《かつぞうながなり》が俯《うつむ》いた。懸命に涙を堪《こら》えているようにも見えた。

森可成や坂井政尚と轡《くつわ》を並べて都を目指し、畿内を奔走した日々が瞼《まぶた》の裏に甦《よみがえ》る。信盛が、お前も何とか諫めろと目配せを送ってくるが、応えなかった。

比叡山からは、不穏な空気を察して使いが送られてきた。だが信長はもはや談判すべきことはないと追い返し、使者を追うように軍を動かした。

「比叡山を焼くのですか」

「寺を焼くのは初めてではなかろう」

門徒と戦えば寺院や仏像を壊し、燃やすことは日常となる。だが比叡山の持つ歴史と格式は学のある者ほど怯えさせた。

「比叡山の知行地は尾張や美濃にも多くある。殿は地侍どもに横領された地を返そうと申し出たのに坊主どもは拒んだ。我らに仇なす寺に極楽往生の功徳《くどく》があるとも思えず。もし我らの行いに過《あやま》ちがあるのなら、仏罰も下るだろう。だが仏敵と罵《ののし》られる我らに罰が当たったか？」

権六の言葉に惣介も他の者たちも首を振った。

「戦において全ての責めを負うのは将であり、将を束ねる殿だ。もし我らの行いが天道に反しているなら、俺や殿に罰が下るだろう」

坂本の町は既に火に包まれていた。琵琶湖の水運と叡山の財を背景に栄えた湖南の要衝が燃え落ちていく。柴田勢も堂宇を見つければ襲いかかり、火をかけていく。根本中堂の高塔が最後に炎に包まれた時には、無数の坊主や女衆の死体が境内に転がっていた。

「思った以上に俗ですな」

「坊主などこんなものだ。こんなものだとわかって敬しているのだから、俗界の民が静謐の中で暮らそうとするのを妨げてはいかん。それこそ悪鬼の行いだ」

香木も燃えているのか、戦場で嗅ぐ煙の匂いとも違う。

比叡山を焼き、坂本を破壊したことで湖西の脅威はほぼなくなった。湖西の脅威がなくなれば、あとは近江から敵を一掃するのみである。

甲賀にひそむ六角が反撃の機を狙っているのをひと叩きした後、信長は小谷城に向かった。湖の東も鎌刃の有力な国衆の堀氏と横山城の木下秀吉が楔《くさび》を打ち込んでいるので、浅井長政はそれより南に攻め下ることはできなくなっている。

ただ、小谷城を攻めようとすれば、北から朝倉が大軍勢を率いて援軍に来るとわかりきっていた。信長は小谷城という長政の本拠地が再び攻め込まれたら、どれぐらい本気で戦おうとするか、瀬踏みしようとしていた。

すでに比叡山そして本願寺一揆衆も、近江国内では力を失っている。長政は信長の大軍勢を前にして、小谷城に籠るしかなかった。

信長は妹の夫が守ってきた領国を、容赦なく焼き払って回った。華々しさはないが国力を削ぐには最適だ。時が経つほどに、じわじわと力を奪っていく。

そして何より、信長は朝倉義景の出方を見ていた。小谷城の周囲を荒らし回っている間も、朝倉軍は、小谷城の北に聳える山田山《やまだやま》のあたりまでは姿を見せるものの、織田軍に戦いを挑んでくることはなかった。

「これで決着となるでしょうか」

この戦いでは一軍を率いている勝豊が心配そうに言った。

「弱気な」

佐久間玄蕃《げんば》盛政が叱咤《しった》するように言った。盛政はかねてから権六の寄騎として活躍してきた佐久間盛次の子で、体調を崩した父の代わりに柴田勢に加わっている。権六からすると、勝豊も盛政も共に姉の子、という間柄になる。

「何だと？　誰が弱気になっているというのだ」

「強い父を持つと気楽でよいな」

盛政は権六の家臣ではなく、寄騎の子である。佐久間家は柴田家とはごく近いが家の格では佐久間が上回っている。勝豊も気が強い。胸倉を摑むような勢いで、侮ることは許さぬと詰め寄った。体格は盛政の方がかなり大きい。

「何が気に入らんのだ」

急に睨み合いを始めた二人の甥《おい》を見て権六は呆れ顔だった。

「前から気に入らんのです」

互いに指を突きつけ合って言う。勝豊は柴田姓を名乗っているが、権六も戦の算段を相談できるほど聡明に育った。佐久間盛次は柴田勢の中でも先鋒を務めることが多く、その功績は計り知れない。

権六が率いる軍勢も大きくなった。兵を率いる将の数ももちろん増え、戦の中で軋轢も生まれる。戦での手柄の立て方はそれぞれだ、と二人を引き離したが、自軍をしばらく気にしていなかったと反省するほかなかった。

四

比叡山を焼いた後、信長はそのまま兵を引いた。

「どうやら御所との間が取り返しのつかないところまでいっているようです」

権六の守る長光寺城を訪れた丹羽長秀が言った。

「しかも、美濃からの報では武田の動きが激しくなっているとか」

その話は権六も耳にしていた。

甲斐《かい》、信濃《しなの》と関東一円に広大な領国を持つに至った武田信玄は、上杉謙信と並んで東の雄であった。信長が最も敵対したくない相手に信玄を考えているが、それは、信長に敵対する者にとっては誰よりも味方に引き入れたい存在であることを意味する。

信長は巧みに信玄との間柄を保ってきた。しかし、足利義昭が信長との決別を信玄に告げて上洛を促し、本願寺も信長への敵対を明らかにするに至って、ついにそれまでの態度を覆《くつがえ》した。

信玄が兵を率いて西へ向かうという報が信長の耳に入ると、信長も怒りを爆発させた。信長が義昭を擁して都を目指したのは、天下の静謐と平穏を取り戻すためであった。そのためには信長と義昭は力を合わせて事にあたる必要があった。

だが義昭は、将軍としての権威をまず誇示することを望んでいた。そのために、これまでの式目を無視する形ででも御内書を多く発し、諸大名を自分の采配のもとに置こうとしたのである。信長にはもはや、義昭が天下静謐の力になるとは思えなかった。

「殿は愛してても憎んでも、その想いが強すぎるのです」

前田又左利家《としいえ》が言った。

利家は美濃攻めの際の働きぶりを認められ、許されて馬廻衆に戻っていた。金ヶ崎をはじめ、転戦する信長の身辺に常にあり、小姓衆を鍛えたり鉄砲衆を率いたりと大いに活躍していた。

「殿の御恩に報いるためにも、前田家をこれからもり立てていかねばなりませんから」

荒子《あらこ》前田家は元々は兄利久《としひさ》が継いでいたが、病弱なため信長の度重なる出陣の命に従うことができなかった。利久には滝川一益の一族の血を引く若者、慶次郎利益《けいじろうとします》が養子として入っていたが、利家は彼が後を継ぐことを嫌い、信長も利家が前田家の惣領となるのを支持した。利家が信長に心酔するのも無理のないことだった。

「将軍家のことは心より大切に思われていました」

それは相思相愛であったと利家は言う。

「だが、互いが望むこと互いに求めることが大きく食い違っていた。それでも政のことだから互いに談合をしてくださればよかったのだが……」

権六は義昭の気質を詳しく知っているわけではなかったが、あの気品に満ちて誇り高い貴公子は、たとえ父や兄や敬愛する信長であっても、その言葉のままに動くことを良しとしなかったのだろう。信長も己の意思を決めれば曲げない強さがある。その二つの強さは不幸な形でぶつかったのだ。

俺が思うには、と又左は前置きして続けた。

「公方さまは位に昇られる前から、懸命に策謀を立てることで自らの命を保ってこられた。その策謀は四方の諸侯と繋がることによって身の安全を図るというものです。朝倉、六角、時には仇でもある松永ですら味方につけてきた」

信長との関係が悪くなるにつれ、義昭はもう耐えることができなかった。信長はもはや足利の天下を保ってくれぬと見限ったのだ。

「そうなれば、後はどちらが真の天下の主か、はっきりさせなければなりませぬ」

諸侯に反織田の兵を挙げるよう命じていることを知っても、信長はしばらく義昭を立てるという建前を崩さなかった。もしあからさまに義昭に刃を向けることになると、信長が上洛してきた意味が根底から覆ってしまう。

「お悩みでしたよ」

又左はつらそうに言った。

「三好三人衆のようにはなりたくない、とも」

侍にとって将軍家は遠くとも近くとも権威であることには違いがない。そこに弓を引くことを想像するだけで、得体の知れない震えが全身に走った。

「殿だってそうですよ。ですから、四方が得心するやり方を考えておいでででした」

信長は義昭が四方に発した御内書のいくつかを手に入れ、それが信玄の上洛に関するものであることを摑むと、十七条の詰問状を義昭に突きつけた。

政を信長一手に任せるように迫ったのだ。当然、義昭がそれを受け入れるはずもない。将軍の頭の中では、信長包囲網は既に完成していた。そして武田信玄が大軍を率いて西へ向かって進み始めたのである。

しかし、信長が東に向けて大軍を送ることはなかった。

義昭が信玄西上に合わせて兵を率い、槇島《まきしま》城に立て籠ったからだ。だが、所詮は信長の実力によって知行を安堵された幕府奉公衆の多くが、その命に従うことはなかった。

一方で、義昭は仇敵である三好三人衆や松永久秀と手を組んで、各地で蜂起させた。本願寺ももちろん同調していた。信長の周囲は瞬く間に敵だらけとなってしまった。

「やはり戦で勝てぬと勢いが衰えたと勘違いする奴が多いようだ」

ただ、佐久間信盛はさして焦っていなかった。権六もそうだ。

「しかし信玄も分かっておるだろうに。公方に乗せられてしまうような男ではあるまい」

「余程の策があるのかもしれぬ」

権六はそこが気がかりだった。

「何か焦っているのかもしれぬな。関東の情勢はよくわからぬが、急ぎ美濃や尾張、三河を押さえねばならぬ理由があるのか……」

信盛はそう呟《つぶや》いた。

「ところで権六、お主いくつになった」

年齢を言うと信盛は、年を重ねたな、と笑った。

「そこにいくつか足したらわしの年だ。信玄はわしらよりもさらに上だ」

戦ぶりだけを伝え聞いていれば、衰えたとは全く思えない。

「だが、信玄とて不死身の魔神ではあるまい。恐ろしいのは畿内の敵と信玄が東西から挟み撃ちしてくることだが」

義昭に一味する者たちや本願寺、近江と越前、六角もまだ健在で織田軍の主力は動かせない。信玄が西に上ってくるにあたって、最前線で戦わねばならないのは徳川家康だった。本来であれば、全力で救わねば兵力に劣る徳川軍は滅ぼされてしまう。だが信長は京周辺の情勢が安定しないことを理由に、平手汎英《ひろひで》をはじめとする三千ほどの兵を送ったのみであった。

「盟友を助けないのか」

という声も上がったが、織田家には余裕がなかった。権六も長光寺城から四方の情勢を見つつ、信玄が美濃に入るまでは様子を窺うしかないと考えていた。それでも、美濃や尾張の慣れ親しんだ地に引き込んだとしても、関東最強の武将に勝てるのか自信は持てない。

「腕が鳴る」

三右衛門ら若者たちは逸《はや》っていた。織田軍全体としては大きな勝利はないが、権六にしても他の将にしても知行も財も増え続けている。

御所を守った権六のもとには京洛の豪商から莫大《ばくだい》な額の贈り物が届けられ、それを直臣や寄騎衆、そして馬廻の者たちに分け与えた。

戦は危ういものだが、乗り越えれば大きな果実を得られる。戦が名と実を満たすものであれば、それを望むのも当然のことだ。

「ただ、信玄は別格だ」

美濃の遠山郷《とおやまごう》は信長の目が都に向かっている間に、武田方に組み敷かれていた。木曽と美濃の境を治める遠山氏のもとには権六も訪れたことがあった。信長は恵那《えな》遠山を重く見て、姻戚となると共に、当主の景任《かげとう》が世を去るに伴い、河尻秀隆《かわじりひでたか》らを派遣して岩村《いわむら》城を占領した。

信玄の西上に対する策としては間違っていないが、岩村の国衆たちの反感を買ってしまった。織田家との姻戚であったが、遠山景任は武田家の助力もあって一帯に平穏をもたらしたのであり、武田家を蔑《ないがし》ろにするような信長の行いは受け入れられなかった。

結局、岩村城は伊那《いな》から押し出してきた秋山信友《あきやまのぶとも》に占拠され、多くの国衆たちも信友を支持した。信長の子で岩村城主とされていた御坊丸《ごぼうまる》は甲府《こうふ》へ送られている。

信玄の動きは、信長に敵対する者たちを勢いづけた。

誰より心を躍らせていたのは足利義昭であっただろう。だが、義昭が望むようには皆が命に従うわけではない。そもそも三好三人衆と松永久秀、そして義昭の間には憎悪と仇《きゅう》恨《こん》が積み重なっている。本願寺も信長の後ろ盾のない義昭の命に従う義理はなく、門徒は都合のよいように義昭を使っていた。

「殿が美濃から動かず、都周辺にも主力を残しているのは将軍家からしても意外だったでしょうな。空になった都を取りたかったはずですから」

惣介が言う。

「信玄と雌雄を決する戦い、してみたかったですな」

「危うい」

「武田との戦がですか」

「惣介のように、いたずらに戦を求める心がだ。何のために戦をする。功名のためか？」

「それは……」

下社の丘から見えるわずかな地を守るために戦っていたものが、いつしか数ヶ国を領し、その数倍する地を従わせる主君のために戦っている。天下を布武し、将軍を難詰し、本願寺と五分に張り合う。出陣続きでしばらく忘れていたが、目も眩《くら》むような変化だった。

「殿に従って戦うことが我らの栄達に繋がるのであれば、どこまでも戦います」

権六は目を見開いた。

「殿の馬廻衆のようなことを言う」

「ですが、実際そうではありませぬか。版図《はんと》が広がれば敵も大きくなる。大きな敵に敗れれば手に入れた全てを失ってしまいます」

「だから戦わねばならん、か……」

太股の弾疵《たまきず》がずきりと痛んだ。

五

徳川家康は駿河浜松《はままつ》城近く、三方《みかた》ヶ原《はら》で信玄を迎え撃った。だが、戦に入る前にすでに勝敗は決していた。

信濃から奥三河へ侵攻した別働隊の動きと、駿河から街道を進んでくる二万を超える本隊に家康は戦力を分散され、このままでは信玄に三河を突破されてしまうと乾坤一擲《けんこんいってき》勝負に出る。

だが、それこそが信玄が待ち望んでいた動きだった。自在の駆け引きに家康は陣形を崩され、大敗を喫してしまった。その後も夜襲をかけるなど不屈の戦いぶりを見せたが自らの手で勝利を摑むことはできなかった。

間もなく、岐阜と湖南にも家康大敗の報が飛び込んできた。

「いよいよだぞ」

美濃と尾張の各城に緊張が走る。だが、信長はそれでも迎撃に出る姿勢を見せなかった。あくまでも自領深く引き込んで戦う策を変えていない。

「武田は荷駄が弱い」

信長は信玄の行軍をそう評していた。会戦も攻城戦も群を抜いて強く政も巧みだが、何ヶ月にも及ぶ遠征を得意とはしていない。どこかで馬脚を露すと考えている節があったが、それも神頼みにすぎると権六は危惧していた。美濃や尾張に入れば信玄は略奪の限りを尽くすだろう。兵糧に乏しい武田勢の濫妨は悪名高い。

だが、思わぬことが起きた。

三方ヶ原で大勝利を収めたにも拘わらず、信玄が猛然と尾張と美濃に攻め込んでくることはなかった。呼応するはずの遠山の秋山勢も動きを止めている。

「信玄には何か秘策があるのか」

と織田方の諸将は囁き合った。主力が西にあり、本願寺とは睨み合いになっている。信長の怒りは滾《たぎ》っていたが、それをさらに煽りたてるような動きを足利義昭はとった。

「公方のことなどほうっておけばよい」

湖南の守りを任されている諸将は顔を合わせるたびに言った。義昭は彼らが守りを固めている地に近い志賀郡の今堅田《いまかたた》の城に兵を入れ、美濃と都の間を分断しようとした。勝家が岐阜に急を告げたが、信玄との決着がつくまでは待て、と命が下ると思っていた。

信長からは、すぐさま今堅田の城を落としてこいという命を下された。権六たちは首をひねりつつも城を落とす。義昭の命令に従って敵対した国衆はあちこちにいる。摂津でも伊丹の国衆や山城の上京《かみぎょう》あたりの地侍も反旗を翻していた。

「後ろで糸を引いているのは松永久秀あたりだろうか」

都と岐阜を往復している細川藤孝の顔色は冴えなかった。権六が訊ねると、

「松永ごときではまとめられませぬよ」

吐き捨てるように言った。

「畿内の情勢は非常に込み入っています。誰か一人でどうにかなるものではありませぬ。もしなるとすれば、それは弾正忠さまか上さまでしょうが、二人が争っている今となっては誰にもできません。それでも、一縷《いちる》の望みを抱いて弾正忠さまと上さまの間を行き来しているのです。もう都での大乱はこりごりだとみなが思っているはずなのに」

藤孝は心底悔しそうな表情を浮かべた。守るべき地は違えど、静謐を望んでいるのは尾張の者だけではない。

「だが、公方さまはあのように隙《すき》を見ては御内書を発し、殿はそれを責める。溝は広がるばかりだろう」

「いえ、そんなことはありませぬ。どちらかが、いえどちらもが半歩でいいので譲ることができれば、そこに立ち止まるゆとりが生まれます。信玄の歩みが止まった今が好機なのです」

以前佐久間信盛も言っていたが、信玄は決して若くない。もはや老人といえる年齢に差し掛かっていた。

後継者と目されている武田勝頼《かつより》は勇敢な将ではあるが、信濃と甲斐、そして北関東に広

がった武田領全てを服させるほどの人望はない。

「やはり信玄は焦っておるのか」

「そうなると、このゆったりした動きは逆に奇異に思えます。信玄の戦い方は変幻自在。急いでいる時こそゆったり動くようなことも当然するでしょう。しかし、三方ヶ原で三河さまを破ってからの動きは、あまりにも遅すぎます」

「殿の出方を探っているのか」

「やはり荷駄が足りていないのかもしれませぬが、都を目指すとなればさすがに万全の備えをするでしょうし……」

藤孝もその真意を摑めないでいるようだった。

やがて、信じられない報がもたらされた。武田軍が踵《きびす》を返し、甲斐へ向けて戻り始めたというのである。だが、真偽定かでない報も多く、ただ武田勢が東へ向けて進み始めたことだけが、確かなものとして伝わってきた。

信玄はどうやら重い病に冒《おか》され、命も危ういという報せもあった。計略かもしれない、と権六は警戒したが、もし真であるならなんという運の強さか、と権六は主君を守っている天運にまたしても驚嘆することになった。

「信玄が世を去れば、武田家はおそるるに足りませぬ」

佐久間盛政が嬉しそうに言うが、勝豊は、

「どうかな。武田には優れた武将が多くいる。主を失ったのは痛いだろうが、あの信玄が何の備えもなく死ぬことはないだろう。死ぬまでの準備もしているに違いない」

と窘める。

「お前は臆病だな」

「蛮勇は死を招くぞ」

若い甥二人はまた権六の前で睨み合いを始めていた。

信玄の死は信長にとっては僥倖《ぎょうこう》であり、義昭にとっては災厄であった。だが、信長はそこで一度義昭に一歩譲ってみせた。和解を申し入れたのである。

六

「見事だな」

湖南の諸将も感心した。

押すと見せかけて引く。下がると見せて突いて出るのは武の基本である。信長は将軍家相手に存分の駆け引きをしてみせた。

一度愛せばとことん大切にするが、一度嫌えば八つ裂きにするほどに憎む。義昭は既にその一線を越えている。なのに和睦を申し入れたのは、相手の動きを読み切っているからだ。

果たして、義昭は信長の和解を拒んだ。それも当然で、何度も将軍失格の烙印《らくいん》を押され、その悪口を都の近辺にばらまかれ、義昭は権威も名誉も地に落とされたと激怒していた。その怒りすらも、信長は読み切っていた。

一方の義昭は、信玄が西に軍を動かしたところで、既に勝利を確信してしまっていた。三方ヶ原での武田の大勝利が、その自信により根拠を与えていた。

だが結局、信玄は美濃に入ることもなく世を去ってしまった。これには義昭も衝撃を受けた。浅井・朝倉は信長の脅威とはいえ、信玄の代わりになるとまではいえない。本願寺とは手を結んでいるが、忠実な家臣として振る舞う気配はない。三好や松永などもってのほかである。だが結局、義昭は信長と再び手を携えることを拒んだ。

信長の力を自らの羽翼としてきた者がその羽翼と戦おうというのだから、無茶な話だと権六は呆れていた。一方で、信長が進める支配に反発する者も多く生まれているのも確かだった。

信長は文字通り、織田家の武力をもって喧嘩《けんか》を収めようとした。細川藤孝が言っていたように、畿内の情勢は絡まりあった蔓《つる》のように複雑だ。裁きをつけて争いを止めさせるには、圧倒的な力がいる。

義昭を擁して都へ上ってきた信長には、軽々しく反抗できない恐ろしき力があった。しかし、信長とて無敵の魔神でないことが明らかになり、信長の仕置に不満を持っていても口をつぐんでいた者たちが、己が失ったものを取り戻そうと反旗を翻している。

　新たな権威を必要とした信長が、朝廷と緊密に連絡を取り合っているのは、岐阜を訪れる公家の数が増えていることからも伝わってきた。

　信長が新たに幕府を開くのではないかという噂が、浮かんでは消えた。だが、信長にはその気はなさそうであった。あくまでも足利家を立てて京に来たのであって、義昭を追放するにあたっても、その行いが将軍として相応《ふさわ》しくないものであると十分に天下に知らしめてから追い出すという手順を、形式としては取った。

　信長が将軍位に色気を見せないことは、本拠地となる城塞を京に求めず、本能寺《ほんのうじ》や本圀《ほんこく》寺《じ》などに滞在していることからも明らかであった。都の者たちは、信長が何を目指しているのか、逆に不気味に思っていた。

　天皇もこのまま信長を低い官位に置いておくわけにもいかず、宮中における三職、関白や摂政に任じるのはどうかと話が出ているという。

　位が高かろうが低かろうが力があれば人は従うし、力がなくなれば離れていく。それは信長の勝利と敗北によって明らかであった。そうであれば、より大きな勝利を目指して戦い続けるしかない。信長には己の力を明らかにするために、借りを返さねばならない相手が多くいたのである。そんな主君の心を占めているのが近江であることは、信長が力量を認めている武将たちが配されている場所を見ればわかる。

権六や佐久間信盛、丹羽長秀、木下秀吉、明智光秀は全てが琵琶湖周辺の城に入れられていた。それは武田信玄が西へ向かっている際も、信長自身が本願寺と対峙していても変わらなかった。


元亀四（一五七三）年の五月に入って、武田信玄死去の噂は畿内でも確かなものと扱われていた。信玄は周囲に自らが生きているがごとく振る舞い三年は秘するよう命じていたらしいが、人の口に戸を立てられるものではない。

「信玄なしでもやってみせる」

義昭は既に騎虎の勢いとなっていた。

「もはや敵《かな》わぬとわかっておられるはず」

かつて義昭の身辺に仕えていた細川藤孝と明智光秀は、権六にそう言って嘆いた。

「上さまは本来、辛抱強く、聡明なお方なのです」

「そうだろうとも」

権六はそう言って慰めることしかできなかった。藤孝は早くから信長の直臣のようになっていた光秀に比べるとより義昭に近かったが、それでも信長が兵を率いて将軍を詰問しに上洛した際には、旗幟《きし》を鮮明にしていた。

「このような形を望んではおりませんでした」

藤孝の茶室の空気が荒れている。珍しいことだった。

「ですが、お二人を知れば知るほどこうなるのもわかっておりました」

そうなれば、家を抱える身としてはどうするべきか思案しなければならない。己の義を立てるか家を残す道を選ぶのか。双方並び立てばよいがそううまくいくものではない。

権六は城を守る兵をわずかに残し、麾下《きか》の将兵三千のほとんどを率いて湖南を出立した。

道々織田軍の数は増えて、都に入る頃には七万の軍勢が京洛を埋め尽くした。

「これではどうにもならぬ……」

明智光秀が義昭の用兵を見てため息をついた。

光秀は比叡山を落とした後、坂本の町を任されていた。灰燼《かいじん》に帰した町を再興し、織田家に従順な比叡山を再建する任を与えられている。困難な仕事だが、光秀はよくやっているようで、兵卒に至るまで命が行き届いている感があった。

「上さまには夢想の癖がありました。その夢想があの方を助け、ここまで引き上げたのです。ですが、殿と出会って夢が真のものとなった。なってしまった、と言うべきかもしれません」

光秀にしても藤孝にしても、かつての主君の行いを憂えていた。義昭の周囲には文武に優れた者が多くいた。だが優れている者ほど、早くに信長に仕えていた。むろん彼らは、信長と義昭の和睦のために大いに働いた。

だが、義昭は信長に対してあくまでも臣従を求めたし、信長は義昭が反発することを見越しての和睦の申し入れで、うまくいくはずもなかった。目の前で起きていることを見れば、どう振る舞うのが賢明か公方も理解できるだろう、と信長は突き放していた。

都の南、巨椋《おぐら》には、宇治川《うじがわ》と桂川《かつらがわ》が合流する地に広大な遊水池があった。琵琶湖には及ばないが、畿内にはこれより広い池はないほどに大きい。いくつかの島もあり、交通の要衝として城もあった。

そのうちの一つ、槇島にある城に入った足利義昭は、自らの挙兵を契機として畿内の幕府奉公衆、そして四方の反信長の諸侯が一斉に兵を動かすと夢想していた。だが、巨椋池の周囲を埋め尽くしているのは織田方の旗印だった。

「長く守っていれば誰かが殿の足元を揺らがせる、と思われているのでしょう。人任せなのですよ。そこがあまりにも殿と違いすぎる」

光秀はため息をついた。城への総攻撃では自ら先鋒を願い出て許されていた。

「先鋒に立つ私を見て、せめて己の愚に気付いてくだされればよい」

信長は南近江の支配を固めるとともに、琵琶湖の水運を支配下に置いて全長三十間《けん》（約五十四メートル）×幅七間（約十二メートル）という大船を作らせていた。堅田の水軍も屈服し、佐和山の船大工たちも信長のために働いている。湖上の安全が確かなものとなったいま、多くの兵と物資を一気に東西に動かせるようになったのは、織田家にとって非常に有益であった。

水に囲まれた城への攻撃も、いまや織田軍にとっては初めてのことではない。長島などで苦杯を舐《な》めたことが、攻め手への工夫になっていた。

京では二条城に三淵弥四郎藤英《みつぶちやしろうふじひで》が籠っていたが、奉公衆や武家昵懇衆など義昭に味方して兵を挙げた者は既にほとんどが信長に降っていた。一人残る藤英も城を開くのは間もなくだろうと思われていたが、なかなか説得に応じない。

「何とか兄を助けていただけませぬか」

槇島への総攻撃が間近と迫ったある夜、細川藤孝が権六の陣に忍んできた。

七

「弥四郎どのをか。むろんそうしたいが……」

「兄は私に対して激しい怒りを抱いています」

藤孝は一通の書状を権六に見せた。そこには兄の藤英から弟への厳しい叱責が書き連ねてあり、義絶するとも記されていた。長年義昭に仕え、幕府の権威を取り戻すために苦闘の日々を送っていたのに、勢いのある信長についた弟を許せないのも、人情としては理解できた。

「ですから、私が説いても決して心を動かしてはくれぬでしょう。ですが権六どのにになら、耳を傾けてくれるかもしれません」

「そういうものか」

二条城は京の中心にある要害とはいえ、もはや藤英一人で守り切れるものではない。信長は二条城など後で鎧袖一触《がいしゅういっしょく》に落とせると考えている節があり、わずかな兵を向けたのみでほとんど無視している。

だが、槇島城を落とした後、城がどうなるかは誰にもわかることであり、頑強に抵抗を続ける藤英も無事では済まないだろう。信長に訊ねると、説き伏せられるに越したことはないと返答がきた。

権六は自ら書状をしたため、矢文として射込ませた。七月十日になって藤英は降伏し、伏見《ふしみ》城に送られた。藤孝は涙を流して権六に感謝していたが、どう説得したのか、と訊ねてきた。

「称えたのだ」

「称えた……」

「弥四郎どのは忠義を尽くされた。だが、家と臣下のことを考えぬ君主はその道を全うしているとは言えない。弟への怒りはわかるが、それはもはや私情であり、弥四郎どのの家と付き従っている者への義を考えてはどうか、とな」

「それはありがたい……」

藤孝は再度謝意を表し、自ら兄のもとへと向かった。藤孝から兄の元へ向かったのはある意味賢明な判断だったであろう。槇島城で戦がなかったわけではない。佐久間信盛の兵が城に取り掛かり火をかけた。

すると、数十人の兵が迎撃してきた。だが、織田軍の勢いに押されてあっという間に死体の山を築き、そして城壁は炎に包まれた。

それを見て、義昭は諦めてしまった。自ら刀を抜いて斬り込もうとした際に、信長からもう一度和睦の使者が差し向けられた。

それはもはや、対等の和睦ではない。一度は自ら命を絶つと口にしたものの、生きのびるべく手を差し伸べられた義昭に、すでに抗《あらが》う気力はなかった。求められるままに息子の義尋《ぎじん》を人質に差し出し、槇島城を明け渡すしかなかったのである。


「上さまをいかがすべきか、皆の意を聞きたい」

これからの義昭の処遇につき、信長は主だった武将たちに諮《はか》った。権六は、義昭をこのまま自由にさせては、また四方へ働きかけて戦のもとを作るかもしれない、と考えていた。

「隠居させせよと申すか」

信長の口調と表情からは賛否は窺えない。

「美濃か尾張の適当な一城に住まい、諸侯とのやりとりはご遠慮いただく、と」

「隠居させるということは、将軍位からも退かせるのだな」

「それが適当かと」

信長は権六から視線を外した。どうやら受け入れられなかったようだ。続いて口を開いたのは、光秀だった。

「禍根は元から断つべきです」

「上さまを手にかけろと申すか」

軍議の場にいるのは信長と数名の小姓頭、そして佐久間信盛や権六をはじめとする宿将たち、さらには秀吉や母衣衆の前田利家、簗田広正、佐々成政などの顔もあった。彼らは光秀の言葉に驚いている。

「上さまは殿と手切れとなるべきではありませんでした。都を守り天下の静謐を保ち、無事を諸国へ広げていくためにも、己の器量を知らなければならない」

光秀の言葉を信長は黙って聞いている。

「世に大きな災いをなすものは、悪を心に秘めた者でも人の命を軽んじる者でもありません。己の器量を知らず大事を為そうとする者です」

思い切ったことを言う、と権六も唖然《あぜん》としていた。だが信長は、

「十兵衛の言には理《ことわり》がある」

と頷いた。まさか義昭を斬るのでは、と権六はひやりとしたが、すぐに信長は光秀の考えを否定した。

「わしが京へ上り畿内を平らげたのは他でもない。天下を上さまにお戻しし、静謐を永く保つためだ。共に手を携えるべき方と力を合わせることができないのは、上さまの愚かさもあるがわしの至らなさでもある」

信長はあくまでも大義名分を失いたくないのだ、と権六は感じた。

「ではこういう策はいかがでしょう」

秀吉が次に口を開く。

「鎌倉に幕府が開かれていた当時、将軍位は敬されてはいても形だけであり、実際の政は執権が行っていました。公方さまがそれが最善であると申し出るように仕向けるのは」

「それも妙案ではあるが、藤吉郎は上さまという方をわかっておらぬ。あのお方が望むのは武家の棟梁として天下に君臨する己の姿だ。飾りになるくらいならもとよりわしに公然と刃向かいはすまい」

「ですが、公方さまとて人に変わりはありますまい。敵味方は紙一重です」

「その紙一枚が鋼《はがね》のように硬く、山のように厚くなるのも人の心よ。上さまが我らの息のかかっている者の言葉に耳を貸すことはもはやあるまい」

　権六はこの場に集めている諸将に、もう足利家の威光を借りることはないとわからせようとしているのだ、と感じた。和睦を破って先に攻撃してきたのは義昭の方であり、天皇の顔を潰した将軍にもはや理はない。

　信長は天皇から天下静謐の任を得た以上、これまでと変わらず諸国で乱を企む者を許さず成敗していく、と宣言した。

　結局、義昭は城陽《じょうよう》で一度隠遁《いんとん》する姿勢を示したものの、義弟の三好義継のいる摂津の東にある若江《わかえ》城に入ったとの報がもたらされた。三好義継はかつて畿内を制圧した三好一族の当主であったが、三好三人衆などとの抗争の末、力を失っていた。

「若江に籠って悪さをせぬならこれ以上のことはよい」

　信長の義昭に対する忍耐は、あくまでも弑逆《しいぎゃく》の汚名をかぶらないということで一貫していた。だが、義昭の誘いに乗じて、織田家の勢いが鈍ったところを狙い撃ちにしようとした者を許すつもりはなかった。

八

　苦境の発端となった裏切りに報復するため、信長は着々と手を打っている。湖西は既に織田家の配下となり、坂本から高島郡にかけては明智光秀に任されていた。東も横山、鎌刃、佐和山から湖南の諸城までは織田家でも錚々《そうそう》たる顔ぶれが守りを固めている。

四方で戦が絶えないのに宿将たちを動かさなかったのは、浅井長政、朝倉義景に対する激しい怒りの表れだ。

「それにしても、恐ろしいほどの抜かりのなさだ」

丹羽長秀は信長に命じられて山本山《やまもとやま》城の調略を長きにわたって続けてきた。小谷城の西にあり、琵琶湖に面している。城主は長年浅井家と行動を共にしてきた阿閉貞征《あつじさだゆき》で、織田家の猛攻を何度も跳ね返してきた難敵だ。

「さすがに私も自信がなかったのですが、阿閉は必ずこちらにつく。つかねば我らが負ける、と殿に言われてはやらざるをえません」

そう言って長秀は身を震わせた。

元々は近江国衆の一人に過ぎなかった浅井家が台頭した後、臣従している国衆は多い。その一方で、一城の主として自らの土地と家を保つ道を考えなければならない。

忠節に名を残すのか、それとも未来に続く道を探るのか、その心の揺らぎを衝くのは、諸国で調略を仕掛けてきた長秀にとって難しいことではなかった。

ただ浅井長政の戦場でのあまりの強さに、最後まで味方を続けている有力な国衆が寝返ってくれるか、長秀にも自信が持てないという。

「ですが、殿のお怒りや失望の方が、しくじること自体より恐ろしい」

長秀は肩をすくめた。丹羽長秀はより信長を恐れているように思えた。それも当然のことで、長秀は信長の代になって重く取り立てられているのだから、その顔色を窺うのも無理はない。

長秀は美濃の攻略においても近江での戦いにおいても、眩《まばゆ》いばかりの手柄を立てている。木下秀吉は横山城で気を吐いているが、戦全体を見渡してみると長秀の功績ははかりしれない。だが長秀本人は、殿のお考えをそのままやっているだけで、己の力ではない、と謙遜でもなく言った。

「五郎左《ごろうざ》はいつも殿のお考えを先取りして動いておるのか」

権六の問いに、長秀は不思議そうな表情を浮かべた。

「それができたら苦労はしませぬ」

「だが、五郎左の働きはいつも殿を満足させておるではないか」

「ああ、それは……」

長秀は信長から命を受けると、そこでようやく主君が何を望んでいるかがわかるのだという。信長は岐阜と都を忙しく往復し、各地で戦もしているから、佐和山に詰めている長秀に直接命を下すわけではない。

「だが、お考えのことは大抵、使いでくる小姓衆が教えてくれます」

「小姓衆が……」

「彼らこそ殿のお側《そば》にいてその薫陶《くんとう》を受け、考えをもっとも理解している者たちです。彼らを通じて殿の望みを摑んだり手掛かりを得たりしています」

長秀がそんな器用なことをしているとは思ってもみなかった。確かに信長の命を伝えてくるのは小姓や馬廻衆であったが、伝えられる命令より以上に踏み込んで考えたことはなかった。

「権六どのはそれでよいのです。戦場での働きがある。先鋒に立っても殿《しんがり》を任されても誰よりも目立ちますからな。長島での帰陣の際も見事な働きでありました」

「見事な働きなものか」

権六は顔を顰めた。

「氏家卜全は討ち死にしてしまったし、俺だって足に弾を受けてうまく動けん。そういえば……」

権六は気になっていたことを訊ねた。

「藤吉郎とはうまく連絡が取れておるのか」

「そこは心配いりません」

長秀は満足げに頷いた。

「藤吉郎の周りには、出自はよくわからぬまでも美濃や近江の若者が集まって、なかなか賑やかなことになっております。敵に近い横山城に長くいて、浅井長政ほどの強敵と向き合ったことは、藤吉郎にとって大きな糧《かて》となるでしょう。佐和山から見ているだけでも、随分と戦の仕方が上手くなったように思います」

まさに激賞だ。長秀がこれほど木下藤吉郎秀吉を称えるのを聞くのは記憶にないことだ。

「阿閉を口説き落とすことができたのは、藤吉郎と鎌刃の堀どのの間柄がうまくいってるからです。織田家の者には信が措ける。そう思わせたのは大きい」

山本山城が降伏したことで、長政はもはや羽翼をもがれた形となった。

九

羽翼をもがれても、長政には強力な同盟相手が残っていた。妻の兄を裏切ってまで選んだ越前の雄だ。だが、ここまで数回戦ううちに、その悪癖が見えてきていた。

朝倉家には一万から二万ほどの軍勢を動かせる実力がある。しかし、総大将の義景が先頭を切って戦うことは全くと言っていいほどない。自ら馬廻衆を率い、周りを置き去りにしても敵のもとへ突進していく信長とは対照的であった。

総大将が先陣を切るのは軽率のそしりを受けるかもしれないが、将兵の士気は高まる。何より義景は、信玄西上の際も、近江の情勢を見極めるとして動きが悪く、信玄を激怒させていた。

戦は兵力や武具の良し悪しもあるが、結局は率いる将の強さと賢さと天運の勝負である。信長と義景のどちらに兵がついていくか、それは明らかであった。

権六からすれば、武田信玄が世を去った時点で勝負はついていた。信長が義昭に対してしたように、浅井と朝倉にもそのように、和睦の方向に導いてもよかったのではないかと思わぬでもない。だが、長政の決意と信長の怒りがそれをさせないだろう、とすぐに頭の中で打ち消した。

織田軍は秀吉のいる横山城と、新たに降った山本山城を足がかりにし、小谷城のすぐ近くにある虎御前山を攻め落とした。

信長が大軍を率いて北上してくるのを知った長政は、朝倉に助けを求めた。義景も助けを求められて兵を出さないわけにはいかない。その数はおよそ一万。

北近江での朝倉勢は、小谷城の北、大嶽《おおづく》峰の頂にある砦に入っていた。前に信長が小谷城を攻めた時も、数千の援軍をよこしながら城下を荒らしまわる織田勢に戦いを挑むことはなかった。

織田軍は小谷城南西の要害、虎御前山に木下秀吉を入れると、北西の麓にある焼尾《やけお》砦の守将に調略をしかけて門を開かせた。織田軍の動きは小谷城からも大嶽からもよく見えているはずだが、動きはない。

「朝倉は本音では戦いたくないのだ」

権六はどうしても、言葉が蔑みの響きを帯びるのを止められなかった。

権六や佐久間信盛たち諸将の主力となる軍勢は小谷城ではなく、北に聳える山田山へと向かっていた。小谷城のある山とは尾根で繋がり、城の様子だけでなく、越前からの援兵があっても動きが手に取るようにわかる。

「狙いは左衛門督の首一つだ。他は一切いらぬ。お主らは山田山から左衛門督の動きだけを見ておれ。もし動きがあれば一気に山を下り、南北どちらに向かおうと逃がすな」

信長は権六たちに向かってそう厳命した。白い頬には青白い炎が灯っているような気迫が伴っており、権六も思わず目を伏せた。

「小谷城より先に、朝倉なのですな」

佐久間信盛が念を押すように訊ねた。

「新九郎にはもはや何もできぬ。此度の戦、左衛門督はまともに戦えぬ」

信長は断言した。

「天下の耳目への言い訳に兵を引きつれてはきたが、小谷城への道が閉ざされたとなればこれ幸いと越前へ帰るだろう」

聞いているだけで暗澹《あんたん》としてくる。義景のような男に義理立てするために、長政は織田家を裏切ったのか。互いに義理がある時にどちらを選ぶのが家のためになるのか、わからぬ長政ではあるまいに。

「結局、織田は遠く、朝倉は近かったのだろうな」

信盛は言った。

「父祖からの付き合いは中々切れぬものだよ」

「確かにな……」

古き付き合いは時を経れば利が少なくなることもあるが、それを断てば名を下げる。あの男は不義だと後ろ指をさされると、戦など急を要する際に周囲の助けを得られない。

「左衛門督があの程度の男だとはわかっていただろうに」

「数万を率いる越前の雄だし、一乗谷は都のように豊かで美しいと噂の城下だ。大きな戦を前にしてあのような腰の抜けた振る舞いしかできぬとは、浅井家中も見通せなかったのではないか」

信盛はどこか同情するような口調だった。

義景は長政との交誼《こうぎ》を忘れたわけではない。だが越前も多くの国衆たちの上に成り立っている。いくら長政への救援とはいっても、立て続けの出陣に反対する者も多いのだろう。

山田山には小さな砦があったが、権六たちが攻め上った際には既に人の気配はなかった。山田山を落とされた時点で、小谷城は孤立無援となった。

朝倉勢は越前と近江の境に近い木之本《きのもと》に陣を張っているのが山上から見えていた。八月十三日に信長率いる精鋭が大嶽峰の砦を落としたあたりから天候が急変した。琵琶湖は決して穏やかな湖ではなく、四方を急峻な山に囲まれていることもあって天候が変わりやすく、霧がかかることも多い。

「これでは左衛門督も動けないだろう」

というのが権六たちの一致した意見だった。戦況は悪く、義景としては一刻も早く退きたいに違いない。天候が回復して小谷城と大嶽の味方をどうしても救うことはできなかった、という形を作って退却するはずだ、と権六は考えていた。木之本に派した物見の兵も旗は動いていない、と報じてきている。

だが、山田山を北へ向かって疾走している一軍を見て権六たちは驚愕した。小谷城から逃れた長政かとすら思ったが、信長の旗印が翻っている。

「馬を引け！　全力で駆けよ！」

権六は叫びつつ青ざめていた。丹羽長秀の軍勢は既に山を下りているが、佐久間の陣営は動きが遅れていた。権六は周りについてこいと言い置いて単騎山を駆け下りる。

木之本の手前でようやく手勢が揃ったが、朝倉本陣があった場所を通った際に、自分たちの目が眩まされていたことに気付いた。退き陣の際に旗指物を風にはためかせ、まだそこにいるが如く装うのはよく使う策だ。

「動かぬと思い込んでいたことを逆手に取られたな……」

「取られたのではないでしょう。俺たちが揃って阿呆だったということです」

惣介は己の頭を一つ殴った。

木之本を過ぎたあたりで、前方から喧騒《けんそう》が聞こえてきた。戦は既に始まっている。だが国境の峠に続く道は狭く、信長は自ら朝倉の息の根を止める勢いで猛然と戦っている。

「山裾を巻いていけ！」

権六は馬を下り、自ら槍を担いで斜面を走る。足腰の強い下社衆や美濃衆は遅れずついてきたが、権六の足が止まった。太股の傷のことを忘れていた。

「権六さま、ご無理をなさるな」

近侍たちは権六を後ろに下げようとするが、怒鳴りつけて拒んだ。

「失態は己の槍働きで何とかするしかないのだ！」

槍をふるって再び走り出す。近江と越前の国境にはいくつかの峠があり、刀根坂は山は深いもののそれほど急峻ではない。戦うとすればここだが、見えるのは朝倉勢の者ばかりである。鎧武者の首はあらかた取られている。

「殿《しんがり》の役を果たしておらぬな」

刀は刃こぼれし、槍は折れている。勇敢に戦うには戦ったのだろうが、皆最後に追手に背を向けるように倒れているから、支えきれずに逃れようとしたのだろう。戦は北へと移っている。権六の後ろに手勢が集まり、再び馬上の人となった。

信長の本陣にようやく追いつくと、

「さっさと追え！　しくじりは二度は許さぬ」

信長の甲高い声が投げつけられる。後《おく》れを取っていた佐久間隊もようやく追いついてきた。

「殿、どこまで追えばよろしいのですか」

信盛が大音声で訊ねる。越前との境は既に越え、援軍の主力は壊滅したとみえる。だが、若狭と越前にはまだ朝倉方の諸将が健在だ。彼らへの調略を進めながら攻めるべきだ、と信盛は考えているのだろう。

だが、信長は一瞥《いちべつ》をくれただけで、馬を走らせた。歩ませたのではなく、走らせたのだ。刀根の峠を越えて一休みしていた馬廻衆も従う。権六たちも遅れてはならじと再び進撃を開始した。

刀根の坂を過ぎるとやがて敦賀の町が見えてくる。

「前はここで浅井が裏切ったのだったな……」

権六の脳裏に嫌な記憶が甦る。だがもはや背後を衝かれる心配はない。湖西は明智光秀が押さえ、湖東小谷城の周囲は織田軍に取り囲まれており、味方する国衆もほとんどいなくなった。

「敦賀まで押さえて引き返すのではないか」

と将兵たちは噂していたが、信長自身の行動がその噂を打ち消した。足を止めて兵糧をとるのも馬上のままで、干飯《ほしいい》を口にほうり込むと再び北へと走り出す。

「殿が止まるか、俺たちが倒れるかの勝負になってきたな」

傷を負ったり疲れで動けなくなった者は打ち捨て、突進を続ける。あれだけ恐ろしい思いをした金ヶ崎と天筒山の間を一瞬のうちに駆け抜け、越すに越せなかった木の芽峠から越前武生《たけふ》の国府へと乱入した。

十

累代の国の主が国府を置き、朝倉氏が一乗谷に本拠地を移すまで、越前の中心であったこの町には、大伽藍がいくつもあって独特の風格を湛《たた》え、一千坪を越えるものだけで十数山、最も大きな竜泉寺《りゅうせんじ》は一万二千坪に及んでいる。

町を南北に流れる日野川《ひのがわ》西岸の越前国府の屋敷に信長は本陣をおいた。八月十四日の夕暮れのことであったが、各寺院や嶺北の国衆たちが挨拶に訪れ、大変な賑わいとなった。

「兵糧をたっぷりとらせ、傷と疲れを癒やせ」

という命が下された。だが信長自身は休まず、挨拶に訪れた者たちを接見してそれぞれに言葉と安堵を与え、命に従うことを誓わせた。

「やっと休めるな」

佐久間信盛も丹羽長秀もほっとした表情を浮かべていた。だが、そこに、信長から本陣にくるようにとの命が伝えられた。

「手柄を誉めていただけるのだろう」

信盛は嬉しそうだったが、長秀は首を振った。

「きついお叱りがあると思います」

「あれだけ戦ったのにか」

「右衛門尉どのは遅れたでしょう」

長秀に窘められて、信盛は渋い顔になった。

「誰に向かって口をきいておるのだ」

「あったことをそのまま口にしているだけです」

険悪な空気になりそうなのを察して、権六は二人の間に割って入った。

「殿に遅れたのは失態ではあったが、多少の早い遅いはあっても戦全てから考えれば些事に過ぎぬ。国境を越えるまでには本隊を追い抜いて先頭に立つことができたし、越前の奥深くまで攻め入ることができたのだから、それで良いではないか」

権六の言葉に二人は面白くなさそうに互いに顔を背けた。だが、信長の本陣に入ると二人の言い争いなど吹き飛ぶような主君の怒りがぶつけられた。

「貴様らはわしの言葉を何と心得るか」

声を荒らげる信長のこめかみには青筋が立ち、目は血走っていた。立ち上がって諸将にゆっくりと近付いてくる。そして扇を取り出すと、諸将の頭をはたいて回った。権六は思わず腕で防ぎ、信盛は避けた。

「わしの命を憶えておるか」

信長は信盛を睨みつける。

「小谷近くの朝倉の手の者を殺さず逃し、越前からの陣へ駆け込ませたのは何も温情をかけたからではない。我らの強勢を知らせ、戦意を奪うためである」

「しかしそれは……」

そこまでは教えられていない、というのが諸将の正直なところであった。だが、信長の気魄《きはく》はもはや殺気と言えるほどのものになっていた。

「常に総大将の動きに心を配り、戦場の趨勢を心におかずしてよく将領づらしていられるな。抜かりもあろうかと何度も申し聞かせていながらこのていたらく。到底許しておくことはできぬ」

青白い炎が全身から噴き上がっているような信長の怒りに、天下にその名を知られた将たちが一斉に平伏する。権六も膝をつき、俯いて怒りをやり過ごすことしかできない。だが、

「殿、しばらく！」

と隣で立ち上がる気配がした。

「まるで我らが無能であるかのようにおっしゃるのは、あまりに過ぎた物言いです」

信盛はゆったりとした口調で言った。

「敵に後れを取る輩を、無能と言わずして何と申す」

「殿の命通りに動けぬこと、確かに至らぬところがありました。ですがここに居並ぶ者たちは全て、殿のために百戦命を懸けてきたものです。今や織田家のもとにどれほどの力と富が集まっているか。そしてそれは誰の力によるものか、よくよくお考えくだされ」

武人は筋の通らぬことがあれば直言する。もしどうしても相容《あいい》れないのであれば、最後は去ればよい。その後に災いがあったとしても、筋が通らぬとあらば黙っていないのが武人としての振る舞いであった。

信長はしばらく信盛を睨みつけていたが、軍議はこれまでと告げ本陣から去るよう諸将に命じた。

十一

兵たちは一日の休息を楽しんだが、権六ら将領に休む暇はなかった。

信長に取り次いでくれるよう頼む国衆たちが権六のもとを訪れていたし、壊れた具足の修理や軍料の補給なども命じていかねばならなかった。

そして二日の休みの後、いよいよ織田軍は一乗谷に向けて進撃することになった。各国から集まってきた者を合わせておよそ三万の軍勢が北陸街道を驀進《ばくしん》していく。

朝倉家が越前国内に築いた砦は、府中《ふちゅう》と一乗谷の間に十数ヶ所あったが、ほとんど抵抗らしい抵抗を示さず、大軍勢が通り過ぎるのをただ息を詰めて見つめていた。

朝倉家は越前と若狭の主であったが、その一方で国衆たちの支持のもとに成り立っていた。多くの直臣を抱えるには、広い領土が必要になる。

国衆がそれぞれの土地を守っていることで、互いの負担が軽くなるという利点はあったが、このように強敵を迎えている場合には一斉に裏切られるかもしれないという欠点もあった。

府中から一乗谷まで、ほとんど抵抗を受けず進み、狭い谷間と急峻な山に守られた一乗谷に織田軍が乱入した。

かつて都から越前を訪れた旅人は二度驚いたという。一度目は府中の繁栄を見て。二度目は一乗谷の優美なさまを見て。鄙にもこれほどの風雅があるのかと目を見開いたものだ。

だが今や、一乗谷の全ては炎に包まれていた。

権六も城の廓《くるわ》一つ一つを落として行ったが、守る兵の姿は既になく、命乞いをするかやけくそになって斬りかかってくるわずかな侍だけだった。

やがて、山を越えて大野郡《おおの》へ落ちていった朝倉義景とその一族は、最も信頼していた一族の者に自害を促され、命を絶った。

数日経ってもまだ煙を上げている一乗谷の山々を見ながら、武人としてそのような死に方はしたくないものだ、と権六は内心ため息をついた。

豊かな国を治め、万を超える軍勢を率いたとしても、戦うべき時に戦わなければ、結局は身を滅ぼしてしまう。越前に栄華を誇った朝倉氏はあっけなく滅亡した。

かつて、信長包囲網の中心としてあれほどの脅威を与えていた者の最期にしては、あまりにも儚《はかな》かった。

だが、感傷に浸っている暇はない。信長はそのまま軍を南へ向け、再び近江へ入った。これで決着となることは、誰もが感じていた。

信長は諸将を虎御前山に集め、最後の戦をどうすべきか軍議を開いた。いつもであれば明確に自らの考えを話す信長が、この日ばかりは白い顔をわずかに紅潮させて黙っている。

権六は久しぶりに主君の顔に懊悩《おうのう》が刻まれているのを感じた。

長政の裏切りは、信長に、背後から斬りかかられるに等しい痛みと苦しみを与えた。その怒りはもちろん消えてはいない。だがその表情は、越前に攻め込む際の苛烈なものとはまた違っていた。

凄まじいばかりの怒りと憎悪があるのに、迷いがある。それは妹のお市が妻となった長政の、その人柄をまた信長も愛しているからだ。

だが、誰も浅井との和睦を言い出す者がない。

その時、秀吉が口を開いた。

「備前守さまもきっと朝倉を選んだことを悔いておられるはずです。あの戦いぶりを見れば、どちらの義理を立てるべきか、はっきりとお分かりになられたことでしょう」

さらには、と秀吉は言葉を継いだ。

「今や朝倉家は滅び、備前守さまが義理立てする相手も殿の他におられません」

信長は白く光る瞳を秀吉にじっと向けた。

権六はよく言ったと思いつつも、もしこれが信長の心に反することであれば、大きな怒りが自分たちの上に降り注ぐのではないかと恐ろしくなった。だが、秀吉の方を見るとけろりとした表情で主君の視線を受け止めている。

「相変わらず賢《さか》しらなことを言いおる」

舌打ちした信長であったが、その表情がわずかに和らいでいた。

「手負いの虎となった長政の首に鈴をつけるのは誰が適当か」

信長の言葉に権六は驚いた。秀吉の提案に同意したのである。

「わしが参ります」

「調子に乗るな。お主は横山城に入り、四方の国衆への調略まことに見事ながら、長政からすれば、目の前の己の腕を引きちぎる悪鬼に見えていたに相違ない」

信長が叱りつけると秀吉は額を地面にすりつける。

「ですが、私ほど長政さまを間近で見ていた者はおりませぬ。家中のどの方よりも深く強く、そして近くに浅井の軍勢や近江の者たちを見てきました」

その言葉に信長はわずかに身を乗り出した。

「説き伏せる自信はあるか」

「正直言ってございません」

信長のこめかみに再び青筋が浮かんだ。

「わしを愚弄《ぐろう》しておるのか？」

「とんでもございません！」

秀吉は飛び下がって再び平伏する。

「意地と誇りと愛憎が高まりきった城の中で、誰であれ敵将の言葉に耳を傾けるのは、聖人であっても難《かた》きこと。自信があると誰が言い切れましょうや」

諸将の間にため息が漏れた。

「越前攻めでの諸将の働きにはめざましいものがあり、横山城を守る義は重々心得ておりながらも歯痒さを抑えきれませんでした」

「戦は藤吉郎の功名のために行うのではない」

信長は切り捨てたが、表情の険しさがほんの少しであるが消えていた。

十二

「藤吉郎、すぐさま小谷城へ使者を送れ」

「いえ、わしが自ら参ります。軍使として堂々と降ることを勧めてまいります」

さすがにそれは危うい、と丹羽長秀が押しとどめた。

「藤吉郎を質に取られては……」

「わしを質に取ったり殺すようなお人なら、備前守さまは所詮そこまでの男。殿も心おきなく攻め滅ぼすことができましょう」

「その意気やよし。すぐさま小谷城へ参れ。これ以上戦わないのであれば城兵の命はとらぬ」

は、と秀吉は頭を下げると足取りも軽やかに立ち去った。その背中を満足そうに見送った信長は、きっと表情を引き締め、

「城攻めの備えを怠るな」

と命じた。説得に一縷の望みをかけてはいるが、どこかで長政は応じないだろうとも考えているようだった。権六は自陣に戻って配下の者たちに指示を与えながら、かつて下社

に遊びにきたお市のことを思い出していた。

もし城攻めになれば、乱軍の中で女子供が生き残るのは難しい。お市は織田家の娘として、浅井家の妻として修羅のように戦うだろうが、最後は討ち死にするか自害するしかないだろう。

だが結局、秀吉の説得は実を結ばなかった。

「是非もなし……」

信長は迷いをふっ切ったように総攻撃を命じた。

もはや浅井家に味方する国衆はいないが、主君と運命を共にすることを決意した二千ほどの兵が籠っている。長政のいる本丸と父の久政が籠る小丸などの連携に加え、さらには山も急峻で攻めづらい城であった。

「藤吉郎の戦ぶりを見るのは久しぶりだな」

権六は信長本陣の右前方に陣取り、秀吉の軍勢を支える態勢をとっている。木下勢が崩れたり疲れを見せれば、城攻めを代わる。

「だがその心配はなさそうだ」

権六は感心した。城攻めは難しく、痛みを伴う。だが秀吉は難攻不落に見える城の穴を巧みについた。小谷城の要《かなめ》は本丸とそれぞれの出丸との繋がりである。特に、浅井方の守りは長政と久政の父子にかかっていた。秀吉の軍勢はそのどちらにも攻め寄せず、本丸と小丸の間にある京極丸《きょうごくまる》に襲いかかったのである。

「なるほど、間近に見ていただけのことはありますな」

惣介が感心していた。

「間近で見ていても見えぬ者が多いのだが、藤吉郎は城の弱みを見抜いている。できそうでなかなかできることではない」

ただ間隙《かんげき》を衝くだけではなく、京極丸の守将にも説得の手を伸ばしていたようで、さほどの損害を出すことなく落とした。その足で久政の守る小丸へと攻めかかる。長政は父を助けようにも、京極丸が落ちているため手を貸すことができない。燃え落ちる城郭を長政は見ているしかなかっただろう。

権六は秀吉が落とした京極丸に入り、城の検分と鹵獲《ろかく》した物の目録を作り始めていた。戦が終わってからするのが常だが、もはや本丸を残すのみとなった。

「本丸に全てを集めているのかもしれませぬが、色々底をついております」

筆と帳面を持った惣介が権六に報告した。

「近江も豊かな国ではあるが、長年の戦に耐えられるものではないよな」

「それを思うと殿はすごいです。銭勘定も巧みです」

軽やかに筆先を振りながら、京極丸から本丸を見上げる。しんと静まり返って人の気配もせず、もしかしたら一家共に密かに落ち延びているのではと疑うほどだ。だが、小丸を落とした秀吉が攻め手を休めず本丸に取りかかったところで、城の表情は一変した。

本丸の銃眼全てが一斉に火を噴き、突風のような唸りを上げて鏃《やじり》が城壁に取りつこうとする秀吉の軍勢を射倒していく。

この日の戦いで無類の強さを示した秀吉の軍勢が押され始めたのを見て、権六は攻めを代わろうとした。だが、

「手出し無用！」

と常には見せない恐ろしい形相で秀吉は拒んだ。

「わしにも手柄を立てさせてくだされ」

「十分に立てておるだろう」

「まだまだ！」

それでも突っ込もうとする秀吉の首根っこを摑んで後ろへと下がった。抗うかと思ったが、秀吉はやがて手を振り払って左右を顧み、退き太鼓を打たせた。

「もはや小者ではございません」

「わかっておる。だったら小者のような振る舞いをするな」

「もはや小者ではない！」

権六は秀吉の気迫に初めて気圧《けお》された。

「藤吉郎、一方の将なら退き時がある。兵たちを見よ」

秀吉の軍勢は多くが傷つき、疲れている。

城攻めは守るも攻めるもつらい戦いだ。秀吉はくちびるを嚙み、後を頼みます、と下がっていった。柴田勢は整然と本丸の下へと進み、権六の采配が振られると同時に一斉に攻めかかる。

重くくぐもった銃声と共に敵味方の誰かが倒れていく。柴田勢は門に取りつき、火をかけるところまでは成功した。だが、次の瞬間門が大きく開かれ、太刀を振りかぶった武者が一斉に斬りかかってくる。

骨が砕かれ、目がえぐられる凄惨な組打ちがあちこちで展開された。近江武者の振るう太刀が下社衆の若者の体を両断した。だが権六は静かに戦況を見守っている。城は間もなく落ちる。それは間違いがなかった。

「意地を見せるためだけの戦だな……」

城方の勝ちはもはやありえない。百里四方に味方は誰一人いないのだ。それでも、意地を張らねばならない。家と地を守り、子や孫に引き継いでいくのが当主の務めだ。だが、一族が滅んでも汚名を残さぬことを望むのもまた、武人として当然の振る舞いである。

「一旦退こう」

権六は攻撃を一度止め、次の日に決着を持ち越すことにした。京極丸には秀吉が入り、小丸には丹羽長秀の軍勢が入っている。他の出丸も全て陥落して織田側の旗が翻っていた。

「殿からは？」

「特に何も」

信長の本陣は虎御前山から動いていない。一日で本丸を落とせなかったのは懈怠者《けたいもの》と叱られそうだが、長政の戦いぶりから決着を急いでもこちらの人死にが増えるだけだと権六は考えていた。浅井の兵は強かったが、その体は痩せ細り、長く戦える状態ではない。長引かせて落とすこともできたが、それは攻防共に望んでいない。


天正《てんしょう》元（一五七三）年の九月朔日《さくじつ》、戦に参加している誰もが最後だと考える一日が始まった。だが、戦が始まる前に一つの儀式が行われた。城の門が開き、数人の女性が浅井方の兵に守られて出てきた。お市とその娘たち、そして織田家からつけられた侍女数名であった。

信長方を代表して権六が引き取る。使者が一言挨拶を述べ、権六がそれに応じた以外は誰も言葉を発しない。お市たちの表情は笠《かさ》に隠れて見えなかったが、娘たちはきっとくちびるを結んだまま泣き喚《わめ》くようなことはなかった。

「さすが、と言うべきだな」

佐久間信盛が感心して言った。

「備前守どのも、お市さまも見事だ。だが、戦は勝ってこそだな」

「どれほど美しくても勝たねば後に何も残らぬ」

「そういう戦が増えたな」

「……そうだな」

権六は采配を握った。お市たちが城から離れ、本陣に迎え入れられたと報せが来ると同時に、大きく采配を振るう。攻め太鼓と貝が吹き鳴らされ、両軍の銃火が交錯する。

門が破られた先でも血みどろの戦が再び展開された。だが、一日の乱戦から回復する余力はもはや浅井方には残されていない。

天守を守る最後の一隊を突き伏せて広間に入った織田軍の見たものは、一円となって腹を切って果てた長政たちの姿であった。

金ヶ崎で長政の攻めがもう一歩早かったら。比叡山の上下で続いた睨み合いの中で、朝倉・浅井連合軍が全軍を率いて山の下に突撃していたら。三方ヶ原の勢いのまま信玄が尾張と美濃に乱入していたら……。

思い返すと肝が冷える。

「どこまでも天運のあるお方だ」

権六が言うと、長秀は首を振った。

「もはや天運を超えておられる。世の平穏は殿なしにはならぬと、神仏も思い極めておられるのだろう」

以前ならそんなばかなことが、と笑いたくもなったが、権六も信長の持つ才覚と天運を恐れずにはいられなかった。尾張のうつけと呼ばれたあの若者が、もはや東海から越前、そして畿内一円に力を及ぼしている。

「どのような褒賞があるでしょうな」

長秀は心から楽しみにしているようだ。

「五郎左はよく働いたからな」

「権六どのもです」

織田家は浅井長政の裏切りによって大いに苦しめられ、小谷城の落城まで三年を要した。だが結局、浅井・朝倉双方を滅ぼし、越前、若狭、そして近江三国を支配下に加えている。

「今度は三年で三国か……」

手こずったようにも思えるが、三つの国を併呑《へいどん》するのに三年しかかからなかった、とも言える。

「我らにはそういう力があると考えねばなりませぬ」

長秀は誇らしげに言った。

第四章　国持ち

一

信長は浅井・朝倉の両家を滅ぼした後、どのように越前と近江、そして若狭の政を進めていくか明らかにした。

それはすなわち、三年間に及ぶ浅井と朝倉との戦の論功行賞に他ならない。近江での戦いにおいて最も功績があったのは、湖南において都と美濃の道を守り抜いた、佐久間信盛、丹羽長秀、柴田勝家、そして横山城にあって浅井勢の南下を食い止めた木下秀吉とされた。

それに次ぐのが、湖西坂本から高島までを織田家の支配下に置くことに成功した明智光秀であろう。命を落とした森可成と坂井政尚も大いに称えられた。

信長はこのように功績を決定した。

まず若狭一国が丹羽長秀に与えられた。これは織田家の者だけでなく、天下が驚いた。信長とて一国の守護代の下につく者に過ぎなかった。それが天下の数分の一を自らの分国とし、そのうち一国を直臣に与えたのは他に例を見ない。

そして木下秀吉には、小谷城のある長浜を含む江北三郡が与えられた。これもこれまでの秀吉の知行からすると大抜擢《だいばってき》と言ってよい。

佐久間信盛はこのまま主力を率い、本願寺攻めの総大将となることが命じられた。これも納得の人事と言ってよい。

問題は越前であった。朝倉義景は自ら命を絶ったが、多くの国衆や地侍たちは、信長に降伏し忠誠を誓っている。

だが、長年敵対していた相手でもあり、さらには越前は一向一揆の力も強い。ただ、門徒衆に敵対する寺社の力も強く、門徒の力が押さえられてきた。それが、朝倉義景が滅ぼされたことによって、義景を支えてきた反本願寺の寺院勢力もまた力を失った。それは門徒の力が強くなることを意味している。

下社衆の間では、権六が越前一国の主になるのではないかと期待を込めた噂が流れていた。丹羽長秀が若狭であるなら、権六には越前一国の価値があるはずだ。

主君が一国の主になる。それは家臣たちにとっても栄達の道であった。丹羽長秀よりも柴田家の方がより長く、そして深く織田家に仕えているという自負もある。

権六も、丹羽長秀が一国の主になったことは素直に称える気持ちが強い反面、やはりどこか複雑でもあった。ただ、越前と近江争奪戦の前から、美濃一国を攻め取るにあたって、丹羽長秀が果たした功績はあまりにも大きかった。

結局、権六も湖南で加増されたが、他の将に比べると随分とその領域は小さかった。

「殿のお命を守り、それなりの働きをしたからこそ加増を受けられるのだ。あまり多くを望むものではない」

権六は窘めたが、家中の者は納得しなかった。そして不満は人の心を尖《とが》らせる。柴田家中ではもともと折り合いの悪かった勝豊と佐久間盛政、そして三右衛門あたりがよく口論するようになった。

理由を聞いてみるとくだらぬことだ。馬の蹴った土埃《つちぼこり》がこちらの馬の目に入ったとか、それをわざとやったとかやらないとか。

「いつまで子供のような喧嘩をしているつもりか」

権六は叱りつけたがなかなか治まらない。その時にてきめんに効くのが、お筆の言葉だった。権六の言葉には不服そうな表情を浮かべる三人も、お筆の言葉には素直に従うのだ。

これには権六も苦笑いするしかなかった。

「権六さまが甘すぎるのです」

惣介は険しい表情で言った。

「義理の親子であっても君臣の区別がなければ、情に溺れてけじめがつかなくなりますぞ」

確かにそうだが、権六も別に甘やかしているわけではない。戦ぶりや人への接し方に対して厳しく叱責することもある。

信長には元服した信忠《のぶただ》という息子がいる。むろん嫡男であるから、若君として家臣たちからは尊重されるのであるが、父の信長は信忠に対して一切甘い顔を見せなかった。信忠も父に甘えたり頼ろうとするところはなかった。

どうしてそのようにできないのか、と惣介は責めるのである。

「親子はそれぞれだ。殿のところがそうだからといって、我が家が同じようにできるとは限らぬだろう」

情けないと思いながら、そう言い逃れるしかなかった。

結局権六は、琵琶湖の南の長光寺城はそのままに、新たに近江衆や越前衆の寄騎をつけられて、佐久間信盛と共に本願寺攻めに加わることになった。

信長の目が北陸に向いている間に、本願寺はさらに守りを固めていた。石山の伽藍をさらに堅い城郭とするばかりでなく、足利義昭を匿《かくま》っている山陽の大国、毛利元就《もとなり》と手を結んだ。

さらには、多数の鉄砲衆を擁する紀州の雑賀衆を味方に引き入れ、全国の門徒に信長撃滅の激しい命令を送るなど、将軍義昭が行った対信長包囲網よりも、はるかに厳しい攻めを見せつつあった。

だが信長はここで一旦石山本願寺と和睦してみせた。

信長にとって本願寺が強敵であるように、本願寺にとっても信長は倒すに倒せぬ難敵である。将軍の力で武田信玄、浅井・朝倉全ての力を集めても、結局信長の領域を縮めることすらできなかったのである。

そして双方の間で激しく繰り広げられた暗闘は、やがて伊勢と越前で火を噴くことになった。

二

信長にとって伊勢長島の門徒は、憎んでも憎みきれない怨敵《おんてき》だ。弟の信興だけでなく、氏家卜全など名のある将も失っている。願証寺が大きな勢力を保っていることで、伊勢や伊賀方面の攻略もまだ完全とは言えない。

「本願寺は和睦に安堵しているようだ」

石山を包囲している信盛は渋い顔をしていた。

「この安堵が怒りに変わった後が恐ろしいな」

「それを言っていてはいつまでも門徒を押さえられぬぞ」

権六は励ますように言った。

「門徒は蚤《のみ》のようなものだからな。どこにでもいて、潜り込んでくる。百姓だろうと侍だろうとお構いなしだ」

一乗谷に朝倉義景を滅ぼした後、越前は信長に降った朝倉一族や国衆たちに委ねられた。織田方の有力な武将は越前にはいない。畿内と伊勢、そして東の武田勝頼の動きが激しくなっている状況で、新たに配下に加えた越前に人材を割くゆとりがなかった。

「殿の周りには若くていきの良いのがいくらでもいそうだが」

権六は才気走った若者たちの顔を思い浮かべた。

「聡《さと》いかもしれぬが、貫目《かんめ》が足りぬわ」

「殿のご威光があれば何とか」

「だがその地にいるのは殿ではなかろう。結局はその者がやれるかやれないか、だ。それに越前で生き延びた連中には恨みも買っておるぞ」

信盛はよく見ていた。

「時流を見れば仕方のないことだろう」

「だが権六も時流を見ずに殿と戦ったであろう？」

「それは……先代との義理もあるからな」

「越前の者だって朝倉左衛門督に義理もあれば恩もあっただろう。生き延びるために仕方ないこととはいえ、それを足蹴《あしげ》にするような者に人が従うか」

「石山はそれもわかった上で和睦を受けたのか」

「だろうな。越前に加えて越中の門徒が一斉に兵を挙げればもたないだろう。その備えを進めるために受けたのだと思う。それを止めるには石山を落としてしまわなければならぬが……」

摂津を南北に貫く大地の北端に聳える、巨大な伽藍とも城郭ともつかない壮大な建物が沃野を圧している。周囲は足もとの悪い湿地が多く、西には攻めようのないほどに入り組んだ水路と中洲が無数にある。

「長島よりも始末が悪そうだ」

権六が言うと、信盛も頷いた。

「長島も落とせないようでは、石山は決して落ちないだろう。俺も石山攻めの大将を任されたのはよいが、このままではお手上げだ。数ヶ国の大軍を預かっている以上、軽々しく動くわけにはいかぬからな」

信盛は長丁場を覚悟しているようだった。

三

天正二（一五七四）年の正月になって、信長は岐阜に諸将を集めた。広間を埋め尽くす将領は尾張からの譜代をはじめとして、美濃、伊勢や摂津から北陸、そして三河からの客将など、いずれも天下に名のある侍ばかり。織田家を支える人材の層の厚さを、権六はあらためて実感した。

「これでも来ていない者が多くおる」

主に東美濃に派された河尻秀隆など、馬廻出身で武田の攻勢を止めるべく出撃している者の姿がない。何かと騒がしい越前を収めるために簗田広正の姿もなかった。

「身近な連中に大仕事をさせたいと、殿は思われているのでしょうか」

丹羽長秀は近江戦後の宴でも功績第一の席に座らされていた。近江の要として国衆たちの説得に力を尽くし、戦場に立っても誰にもひけをとらぬ強さを示した。信長の命を受けてその期待を裏切ることなく、若狭一国の仕置を任されるのも多くが納得するところだった。

姓を羽柴《はしば》と改めた秀吉がその次に座っている。江北三郡の新たな主となった男は、いつしかそこらの国衆よりもはるかに大きく、小大名に肩を並べるほどの地を治めるに至った。権六も丹羽長秀も姓に一字与えるのを認めるに十分な出世ぶりだ。

「権六どの」

隣に座った光秀が肩をつつく。

「藤吉郎どの、悔しそうですな」

「そうか？」

数年の間、これほどの将の中で功績第二の働きを積み上げてきたことはあっぱれと言うほかない。悔しく思う理由はどこにもないはずだ。

「それが藤吉郎の恐ろしいところです」

「働き第一でないと気が済まない、ということか?」

「ええ。横山城に詰めて浅井備前守と対峙していながら、越前で門徒をよく思っていない大寺院にしきりと使いを送り、織田家につくよう勧めていたそうです」

「そんなことまで……」

権六たちの視線を受けて、秀吉はさっと明るい表情を浮かべて近付いてきた。

「おかげさまでわしも城持ちになれました」

「もう横山城の主だったではありませぬか。墨俣《すのまた》の砦に入っていたこともあったでしょう」

光秀が言うと、秀吉は首を振った。

「ただ出城を任されたというだけでは城持ちとは申せません」

「落としたばかりの江北三郡をすぐさま任されるとは、殿のご信任ただごとではない」

権六は称えた。

「しかも江北三郡です」

秀吉は自ら続けた。もともとの家柄がない限り、一郡を治めるまでに出世するのは並大抵のことではない。権六はもともと下社一円を領有していたが、それでも一郡には程遠いわずかな地を支配していたにすぎない。

「これで少しは権六さまや五郎左さまに追いついたでしょうか」

媚《こ》びるような視線がやや不愉快だった。

「追いつくも何も、比べるようなものではあるまい」

「……そうですな」

信長が間もなくお出ましとの小姓の声に、秀吉も座に戻った。光秀がちらりと権六を見上げる。

「お怒りですか」

「藤吉郎にか？　いや、何かされたわけでもなし」

胸の中にある微かな不愉快さが、光秀に見抜かれたことでかえって消えていった。

「あれほどの働きをして三郡の主になったのだ。誰よりも誇らしいだろうし、満足だろう」

「いや、あのお方は満足などしておりませぬよ」

「願っていた一城の主になったではないか」

「まだまだその上がいます。五郎左どのは若狭一国、そして反して後に降った松永霜台《そうたい》が押さえていた大和もまた誰かに委ねられるでしょう」

「ああ、そういえば」

権六の表情を見て、光秀は首を振った。

「権六どのは国持ちになりたいと思われぬのですか」

「なりたいが、それは殿がお決めになることだ。十兵衛どのも国を望んでおるのだな」

「武者たるもの国持ちとなって大軍を率い、存分に政の采配をふるいたいものです」

それも信長の決めることだ、と権六はさして気にしていなかった。

「もともと強い方は得ですし、損ですね」

「十兵衛どのはいつも難しいことを言う。その聡い頭には到底及ばぬよ」

「戯言《ざれごと》を申しているのではありません」

やがて信長が広間の上座に座り、酒と膳が配された。

「此度の戦も皆に苦労をかけたが、勝利を得ることができた。我らは十万の軍馬を自在に操る力を持ちながら、浅井・朝倉を攻め滅ぼすのに三年の月日を要した」

淡々と話しつつも、諸将は叱られているのかと目を伏せる。

「しょげているのは働きが悪いと自覚しておるからか？」

信長が言うと一斉に皆顔を上げた。喉を反らせて笑った信長は、

「宴に華を添えよう」

急にそんなことを言いだした。

能楽師でも呼んでいるのかと思ったが、広間には役者が舞えるような舞台はない。やが

て信長が広間の外に向かって声を掛けると、小姓が数人、三方を恭《うやうや》しく捧げながら入ってきた。

「権六どの、あれは首実検するためのものではありませぬか……」

光秀が表情を強張《こわば》らせた。戦に首はつきもので、怯えたりしているわけではない。この場に出され、宴の添え物になるような首に心当たりがなかった。三方にはもったりとした紫の袱紗《ふくさ》が掛けられ、折敷《おしき》の上に置かれる。小姓たちの手つきもあくまで丁重だ。

「開けよ」

信長の命でゆっくりと袱紗が取り払われた。波のようなどよめきが広がっていく。金色に光る髑髏《どくろ》が虚《うつ》ろな瞳をこちらに向けている。箔押《はくお》しされた骨が放つ輝きに、もはや光を捉えることも叶《かな》わない眼窩《がんか》の闇が際立った。三つの骸骨はそれぞれ、浅井久政・長政父子と朝倉義景のものであった。

「これあるは越前と近江の主だ。いや、主であった者の軀《からだ》だ」

しん、と一座が静まり返る。

「わしを苦しめ、あっぱれな戦いぶりを見せた。もし、彼らが正しき戦を続け、わしに勝る天運を持っていたとしたら……」

ここに並んでいるのは長政たちではなく、信長と麾下の諸将のものであっただろう。

「称えよう」

信長が杯を上げると、皆も和した。戦勝の宴に金泥《きんでい》を施した骸骨が出てくるのは権六も初めて目にする。だが、主君がここ数年の戦に注いでいた心血と、敵への想いは十分に伝わってきた。

四

宴は進み、酒と肴は何度も男たちの間を回る。戦のことを話す者、初めて訪れる地の女の美しさを語る者、織田家の未来を語る者、とそれぞれに宴を楽しんでいる。信長が時折小姓の誰かを呼んでは何かを指示する。その度に彼らは、きびきびとした所作で広間を出入りした。

信長は杯に口をつけながらも酔っている気配はない。このように宴を楽しんでいる間にも、諸国からいくつも注進が届くのだろう。

「皆もよく働いたが、何よりすごいのは殿だな」

信盛は大いに酔ったようで、権六の隣に座るなり盛大なげっぷをした。

「これほどの働き者とは思わなかったわ。やはり若い頃には、うつけと呼ばれる程に遊んでおくのが良いのかもしれぬ。息子たちが遊んでいても俺もあまり叱らぬようにせんとな」

豪快に笑った後、ふと真顔になった。

「権六、お主悔しくないのか。ここ数年のお主の働きは、決して五郎左や藤吉郎に劣るものではない。なのに、あまりにも差があるのではないか。殿《しんがり》で死にかけてもおるのに」

「立てた手柄をどう考えるかは殿の務めなのだから、それにあれこれ申してもしょうがなかろう」

権六が言うと、無欲なことだ、と信盛は鼻を鳴らした。

岐阜城下に新たに建てられた柴田家の屋敷に戻ると、お筆がまだ休むことなく待っていた。

「新年の宴はいかがでございましたか」

権六は、長政たちの骸骨が薄濃《はくだみ》となって並べられていたことは言わなかった。ただ、楽しい宴であったとだけ話した。

日暮れの早い冬の夕刻、屋敷の周りは薄闇に包まれている。

燈火《とうか》に浮かぶお筆の肩がいつにもまして白く小さくなっているようで、権六は内心怖れを覚えた。元々、体が強いほうではない。お筆はかつての災いのせいもあって、子を成すことができない。

それでも、権六やお筆を父や母と仰ぐ若者たちは、権六よりもむしろお筆の言うことをよく聞いている。権六自身はそれが、自分のくぐった修羅場がまだお筆に及んでいないことの証左だ、と考えていた。

　おおよそ若者には獣じみたところがある。獣は敏感に相手の強弱を察するものだ。権六の言葉には反発してもお筆の言葉になら素直に従うのは、お筆に自分にはない強さを感じているからだと考えていた。

「そうではありません。権六さまはお優しいのです。きっと、自分を慕う者を強く叱ったり切り捨てたりすることができない」

「そんなことはない」

　時に理不尽な命も下しているだろうし、激しく叱りつけることもある。

「権六さまもいずれは国持ち、いやそれ以上の大名に出世されると私は信じています。その時に、優しさと厳しさを兼ね備えていないと、多くの者はついてきません。今さら私が言うほどのことではないと思います。私はその優しさに助けられたのですから」

　そこまで言うと、お筆は一度大きく息を吐いた。

「どこか具合が悪いのではなかろうな」

「大丈夫です。私は妻がすべきことの半ばができません。その分、私自身の命はしっかりと守ってみせます」

　権六とお筆はもはや肌を合わせることはなかった。お筆本人は決して認めないが、その体は何らかの病に冒されていることは間違いがなかった。ただ、医者に診《み》せることすら頑として拒み、権六が戦から帰ってきている時には、常に微笑《ほほえ》みを絶やさずその傍らにいた。

五

本願寺攻めが膠着《こうちゃく》し、武田攻めにも下社衆に陣ぶれがこないとなれば、しばらくはお筆と共にいられるだろう、と考えていた。

松永久秀が年の瀬に再び降ってきた際に、信長は本拠地である多聞山城から出るようにと久秀に命じていた。久秀を地元の大和に置いておいては危ない。そう見ていた。

その代わりに大和に入れられたのは明智光秀であった。久秀は大和の主要な地域を戦と調略によって支配下に置いていたが、それがそのまま、光秀の指示に従うようになった。

大和一国を与えられた光秀に対し、織田家中ではやはり妬みと陰口がはびこった。織田家中に入った松永久秀自身が流しているのではないかと権六が疑うほどに、その陰口はあっという間に広がった。

権六は久秀のもとに赴き、光秀が大和で滞りなく務めを果たせるよう力を貸すべきだと求めた。

「どうにも」

久秀は心の底から気の毒そうに言った。

「大和の心は古く固いのです。同じく古く固いものを持っていないと、その心は動かせません。わしにはどうにもできかねますな」

「十兵衛どのは年若いかもしれぬが、十分に聡明で大和の人々の心もわかってやれるはずだ」

だが、久秀は黙って聞いているだけでそれ以上答えない。

人によっては、この松永久秀という男を妖怪のように忌み嫌う。ずる賢く戦に強く、謀に長けている。狡猾《こうかつ》な狐《きつね》のような男だ。そういう風に思われていたが、実際に向かい合ってみると、物腰が典雅で礼儀正しく、そして柔らかな印象を与える男だった。

だが、話しているうちに目の前に座っている姿が形を失って不気味なものになっていくような、そんな錯覚を与える男でもあった。敵に回っている時は実にしつこく捉えどころのない相手だが、味方になってみると何十年も織田家に仕えていたような顔をして、恥じるところがないのが久秀の凄みであった。

「私が明智十兵衛どのの邪魔をすることは決してありませぬが、ここは大和の者が受け入れられる人材を据えるべきでしょうな」

権六は、大和を軽く見るなと久秀が求めているのだと解釈した。

「もし許されるなら、柴田どのが大和の面倒を見てくだされ。貴殿は織田家中でも一、二を争う名声をお持ちだ。功績第一とはならなくとも泰然として慌てず、そのお姿があるだけで兵が死力を尽くす。まさに総大将の器」

「俺に世辞を言っても何にもならぬぞ」

「ご機嫌を取るつもりはございませぬ。ただ大和の平穏のために、殿が大和を尊重しているというお姿を見せていただきたいのです」

「とはいえ、大和をどうされるかは殿の胸の裡《うち》にある。俺にはどうにもできぬ」

「お嫌ではない、ということですな」

久秀は微かな笑みを口元に浮かべた。

そして光秀が大和に遣わされてから間もなく、権六は信長から呼びだされた。

「大和一国を任せる。守護として入れ。知行は明智十兵衛から引き継ぐがよい」

ぶっきらぼうな命である。

「一国を……」

「不服か」

「いえ……しかし十兵衛どのは」

「大和は適任にあらず、と泣き言を申してきおったわ。だが、仔細《しさい》を聞くと確かにそうかもしれぬ。松永弾正にも聞いたことがあったが、京よりも古き都にはどうやら妖《あやかし》がついているようだ」

信長は鼻を鳴らした。

「何の力もないが古の光にすがりついて生きておる。従ってはやるが自分たちを敬えというのが連中の本心だ。尾張の田舎者とわしを蔑んでおるが、己の力だけでは何もできまい。それでも機嫌よく従うならそれなりの手は打つ。権六、お前は父の代から我が家に仕え、勘十郎《かんじゅうろう》の後見まで任された男だ」

しばらく忘れていた織田信勝《のぶかつ》との過去をいきなり口にされて、権六は身を固くした。

「織田家の裏も表も知り、さらに戦場での手柄も大きい。年もいっている。大和の連中が納得するには十分だろう。十兵衛に代わって多聞山城に入り、大和の面倒を見よ。大和が平穏であれば紀州と伊賀、伊勢に睨みがきくし、石山とやり合うにしても背後を気にせずにすむからな」

信長が大和を重視する理由は権六にもよく理解できた。大和は広大な紀伊半島の中央を占める。南部の大山塊は人影も稀《まれ》な絶境だが、北部は畿内と濃尾を結ぶ伊賀街道を含む要衝である。

「岐阜を引き払い、大和守護として多聞山に長逗留《ながとうりゅう》するつもりで行け。もし手向かうような者がいたらわしの許しを得るまでもなく討伐せよ。我らに従わぬ者の知行は思うようにしてよい」

「いつ、出立すればよろしいですか」

「命を受けたらどうすべきかわかっているはずだ」

権六は雲を踏むような思いで屋敷に戻った。

六

広がった織田家の領域の中では関所が廃止され、数年にわたって街道を広げる作事が続けられている。近江が平定されて東西の往来がさらに盛んになっていることで、信長のお膝下である岐阜は繁栄を極めていた。

「殿さま、お城で何かあったのか」

庭先で商人と話していた三右衛門が顔を上げた。戦が一段落したことで武具を新調することになっていた。鉄砲を多く買い入れるために京や近江の商人が連日屋敷を訪れている。

商人は権六に愛想よく挨拶し、帰っていった。

「……大和に行くことになった」

「戦か」

「いや、守護としてだ」

三右衛門は一瞬言葉を失った。

「殿さまは国持ちになるのか」

「奉行のようなものだ。しばらく預かるだけだろう。大和にはなんのゆかりもない」

「それを言うなら五郎左さまだってそうではないか」

「まあな。ともかく、皆で大和へ向かう。皆に伝え、急ぎ向かうぞ。岐阜でもたもたしていては殿の怒りが下る」

即日、権六たちは行列を仕立てて大和へ向かった。岐阜から大和へは伊勢を通るのが早いが、長島願証寺の門徒が猛威を振るっている。東海道から京へ至り、宇治から南へ下ることになった。

その大津に宿をとったあたりで、権六のもとを光秀が訪れた。

「厄介をかけることになって面目ありませぬ」

光秀は申し訳なさそうに頭を下げた。

「それはよいのだが、十兵衛どのでも大和は難しいのか」

「いえ、湖西に戻れと」

浅井・朝倉との戦いの中で、光秀は湖西の志賀郡およそ五万石の主となっていた。

「ではやはり越前に?」

「おそらくその備えもあると思います」

「だろうな。十兵衛どのが大和でしくじるとは思えない」

「しくじらない自信はありますが、やはり権六どのの方が適しているでしょうな。大和はまことに人も地も古い。だが、静かで穏やかでもあります。世が乱れてもそこから打って出ようとする者も少ない代わりに、目に適《かな》う者の言葉であれば腹の中ではどう思おうと従うでしょう」

　光秀は大和の印象をそう言い残して坂本への旅路を進んでいった。

　宇治から南へ下る大和街道を南に進むと、やがて平城山《ならやま》が左手に見えてくる。東の麓から続く平城坂を越えると東大寺の伽藍群が見え、その傍らに多聞山城が聳えている。

城に入ると中は清められており、寺で使われているものとはちがう香のかおりが微かに残っている。久秀の気遣いであるらしい。

　権六たちは大和国中の主だった国衆と寺院を集め、挨拶を交わした。国衆では北の筒井と北の越智、寺院では興福寺が国中一円に強い影響力を持っていた。

「今井の町衆は？」

　権六が惣介に訊ねると、来ていないようです、と帳面を見ながら答えた。

　橿原《かしはら》今井は大和門徒の根拠地であり、前の本願寺攻めでも公然と敵対している。門徒衆に加えて、高市《たかいち》、川合《かわい》といった豪族たちが堀を巡らせた城を堅く守っていた。

「柴田修理亮《しゅりのすけ》さま、国を挙げてお迎えすべきところ、不心得者がおりましてお詫《わ》びの申しようもございません」

　大和の主として長年君臨してきた興福寺の別当が頭を下げた。

「いや、先年より本願寺とは和戦定まらず、今井の町衆が我らを敵として見ていることはわかっておる。貴殿らの咎《とが》ではない」

権六は興福寺の僧たちの表情と言葉から、今井の討伐を願っているのだと感じた。興福寺からすれば、本願寺は自分たちの領域を奪う盗人《ぬすっと》のようなものだ。

ただ、権六が勝手に戦端を開いて今井郷を攻めるわけにはいかない。本願寺とは形ばかりであっても和睦を結んでいる上に、今井は町とはいうものの堀と街路の作りは城郭のそれと変わりないと聞いている。

だが、大和の者たちを失望させるわけにはいかない。

権六はその翌日、興福寺を参拝し、改めて大和の情勢について教えを請うた。

「何せ広うございますから」

そう言ってはっきりしたことは言わない。挨拶の場では実に慇懃であったが、寺ではどこか横柄な態度を隠さない。それもそのはずで、興福寺の高僧はたいてい公家や皇族、もしくは畿内の有力国衆の出であり、家格は高い。

「織田家のことはよく知らぬのです。弾正忠さまの功績も大和の奥深くまではなかなか届きません。戦は嫌いでも教養高い者は多くおりましてな」

別当はそういう言い方をした。

「わかるようにせよ、ということか」

「それがどのような形かはわかりませぬが」

意地の悪さが見え隠れする。柔らかそうな面《おもて》と言葉の奥に不快な何かが隠れている。当人はそれが人を不快にさせるとも思っていないのだろう。

「それは修理亮さまご自身が我らに抱いている思いに等しい」

別当が不意にそんなことを言ったので権六は内心驚いた。

「読心でも心得られているのか」

「そう申されるということは、なにがしかの真に辿り着いたのですな。内心などどうでもよいことです。ただ、大和の民が得心するようお進みください」

別当はそう言って合掌した。

七

権六は信長が岐阜から上洛する機会を捉え、興福寺別当の言葉と自らの大和の印象を伝えた。信長はしばし考え、一人の公家を呼んだ。武家伝奏の勧修寺晴豊である。

「大和ですか」

目の細い狐のような顔をしている。

「公方が備後《びんご》に出奔《しゅっぽん》された後、畿内の平穏はひとえに弾正忠さまにかかっております。

戦によってその実力を目の当たりにしたものは従わざるを得ないでしょう。ですが畿内で公方さまに従った者を相手にした時はともかく、本願寺との合戦ではそこまでの戦果をあげておりませぬ」

信長を前にして率直なことを言う、と権六は感心していた。だが、信長は特に不機嫌になる様子もなく黙って聞いている。

「大和の者たちのことは正直よくわかりませぬ」

晴豊は意外なことを言った。

「彼らは都の者たちにはとにかく胸襟を開かぬのです。かつて都を奪われたことをまだ根に持っているようだ」

「勧修寺どの」

信長が窘めるように言葉を発した。

「これは失礼。ともかく、大和の者たちの多くは興福寺衆徒として過ごしている。その宝がもし弾正忠さまに授けられたら、大和衆の心も変わるかもしれませぬ」

「そこだ。宝が欲しいわけではないが、大和の主としてふさわしい物は何か、心当たりはおありか」

晴豊はしばらく考え込み、

「弾正忠さまは、なかなか叙位叙官をお受けにならぬ」

武士が位階を授けられるのは栄誉であり、都から遠いほどに、ある種の敬意を受けやすくなる。だがそれを手にするためには公家との長い折衝と多くの銭が必要だ。信長ほどの力があるとむしろ朝廷から叙位叙官の打診があるのだが、信長はそれに飛びつくようなことはなかった。

「その理由はともかくとして、弾正忠さまは天下の静謐を守る役割を託されているという点では征夷大将軍に近い。ですが、将軍にふさわしい官位をお受けにならない。ですから世間が見て、これは将軍家に近いことをなさっていると感服するような物を手に入れられるとよい」

それこそが蘭奢待《らんじゃたい》であるという。

信長が蘭奢待を望み、綸旨によって許されたことは大和の士民の心を動かした。御所の主の中でもわずかしか認められていない名香の切り出しをすると聞いて、多くの民や僧侶が沿道を埋め尽くした。

三月二十八日、権六の軍勢が先導する形で信長の一行と蘭奢待を奉じる僧侶たちを多聞山に迎え入れる。塙直政を奉行とし、古式に則《のっと》って一寸八分を切り出し、炉でくゆらせる。

信長や公家衆、大和諸寺の高僧たちや国衆たちが相伴に与《あずか》る中、大和の者たちが信長を迎え入れるのを権六は興味深く見つめていた。

優雅な時は一瞬で終わった。

信長が大和から岐阜に帰ったのを合図にしたように、本願寺が動きを見せたのである。石山から佐久間信盛の守る諸城に向けて攻撃が加えられた。これは信盛が堅く守って突破を許さなかったが、門徒が蜂起したのは当然摂津だけではない。

越前では支配を任されていた前波吉継《まえばよしつぐ》に反旗を翻した富田長繁《とだながしげ》が、府中で兵を挙げた。門徒は富田側について吉継を追い払うと、合力《ごうりき》していた富田長繁を追放し、ついに越前一国を支配下に置いてしまった。

「越前など後回しでよい。まずは本願寺坊主どもに思い知らせてやるぞ」

信長が陣ぶれを出したのは六月の末になってからのことだった。それよりも前に権六にも戦の用意をするよう命が下っていた。

「此度の戦は大掛かりなものになりそうだ」

権六は諸将に告げた。

「いよいよ願証寺ですか」

勝豊が逸って言った。まだ信長から正式な陣ぶれは来ていないが、誰もが伊勢門徒の本山と決着をつける気でいた。信長自身が弟を失っているのをはじめ、林秀貞も息子を失い、権六は自らが重傷を負った。命を落とした名のある侍は枚挙にいとまがない。

信長は新たに支配下に加えた近江と若狭の兵も動員し、十万の大軍を伊勢と尾張境にほど近い長島に集結させた。

八

木曽三川の中洲を埋め尽くす大軍を見て、十万は決して大げさな数ではないと、権六は舌を巻く思いだった。権六のもとにはこれまでの尾張、美濃の兵だけでなく、南近江の国衆たちや大和衆もつけられている。

権六は既に、かつて信秀が動員できた人数に匹敵するほどの軍勢を抱えていた。そして、信秀の時代と何よりも違うのは、数百に及ぶ鉄砲が軍勢の中に含まれていることであった。

琵琶湖東の佐和山の水軍から得た技術を使って築かれた大船が、長島の沖合に浮かんでいる。操るのは伊勢の九鬼《くき》水軍の面々である。この軍船を使うことで、長島と他の中洲との連絡を断ち、さらには城に対して大鉄砲などで圧力をかけるという役割があった。

七月上旬から始まった長島攻めでは、織田軍は徹底して敵を孤立させる策をとった。

「二度のしくじりが嘘のようです」

佐久間盛政は若い瞳を輝かせた。

「しくじりあってこそだ」

敗北してからの信長の執念は凄まじい。かつて苦戦した大河内城主、そして南伊勢の有力者であった北畠の当主具教は、信長が子の信雄を養子に入れてその支配を確実にすると、謀殺されてしまった。信長が自らそれを公言することはないし、問われても否定したであろう。だが、誰の命令で命を奪われたのかは明らかであった。

浅井も朝倉も同様に、敗北の屈辱を味わわせた者には結局は死をもって報いている。敵に回すと蝮《まむし》のように食いついてどこまでも離さない。その代わり、忠実に仕えていればもし自分が敗北して命を落としても、最後は仇を討ってくれる。それが従う者たちの信長への信頼であった。

「必ずやり返していただくのはありがたいのですが、そのたびに人死にが増えるのはきついですな」

惣介はぽつりと言った。

「下社の者も随分と命を落としました」

戦の規模は間違いなく大きくなっている。信長が稲生《いのう》の戦いで率いたのはわずかに八百。桶狭間の際は三千。それが戦と勝利を得るたびに増えて、長島攻めにはついに十万と称するに至った。

武田も上杉もここまでの軍勢を動かすことはできず、もはや、これに匹敵する力を持つのは本願寺か備後の毛利だけであろう。

軍議の中で諸将が信長から命じられたのは、砦を落としても逃れようとした者はそのまま逃がせ、という一点であった。

「慈悲でありましょうか。願証寺の坊主ども、八つ裂きにしても足りぬほど憎い相手のはずなのに」

信長がそのような生易しい戦をするはずがない。前に小谷城を攻めた際に、朝倉の軍勢が籠っている砦を落とした時も、城兵の命を助けて本陣へ逃がした。織田方の強さを骨身にしみて知った者が恐怖を広めることを期待したのだ。

「ですが、門徒はそれでは怯まないでしょう。彼らが求めるのは仏罰のみでは」

「仏の罰など誰も信じておらぬ」

権六が捕えた門徒の話から感じたのは、一揆を指揮している坊主は人々を極楽浄土に導く師というよりは、大名たちよりも手際よく年貢や財物を奪う領主といった趣であることだった。逆らえば仏の威を借りて脅し、それでも従わねば力でねじ伏せる。

「あれは仏ではない。鬼だ」

「では我々が救い出してやるということですな」

「鬼が人を救うなどと言い始めたら、それこそ鬼に笑われるであろうよ」

信長は仏の教えを好いても嫌ってもいない。昔からあってそれなりに使いでがあるからうまく付き合っているだけだ。比叡山を燃やす一方で、恭しい手つきで東大寺に手を合わせる。門徒は皆殺しも厭《いと》わない一方で、従順な寺社には手厚く制令を発していた。

長島の中洲に点在していた砦の多くが落ち、織田軍に追い立てられるように、長島、揖斐川を挟んだ屋長島《やながしま》と中江《なかえ》の砦に逃げ込んだ。

この戦に参加したのは一揆勢は総勢三万とされていたが、彼らだけでなく、戦を恐れた民たちも同じく城へと駆け込んだ。織田軍がそうするよう仕向けたのである。

「これでよい」

信長は包囲を固めると、後は油断だけせぬようにと命じた。

「国持ちになった気分はどうだ」

信盛が冷やかすように訊ねてきた。

この戦でも権六の軍勢は佐久間勢と合わせ、多度の香取口《かとりぐち》から中洲を南下し、孤城となった長島を取り囲んでいた。信盛の口調にはいつにない刺が含まれていた。

「国持ちといっても、奉行のようなものだ。大和を攻め取ったのは俺ではないし、もともとは十兵衛どのに与えられるはずのものだった」

信盛は自らの口調に気付いたのか、恥ずかしそうに顔を背けた。信盛は自他共に認める織田家の筆頭である。戦となれば信長本隊に次ぐ大軍勢を率いて先鋒、殿《しんがり》、遊軍と自在に務めて軍勢の屋台骨を支えている。

「本願寺との戦が終われば右衛門尉どのには我らとは比べ物にならぬ知行が与えられるはずだ」

慰めではなく権六は言った。信長はその方面を攻め取った総大将をそのまま守護として置くことも多い。

「俺も丹波《たんば》や信濃あたりで働きたいものだ。坊主どもに盗まれた越前やその先の加賀でもよい。石山と戦うのは労ばかりが多い」

ため息と共に言った。

「それほどの難敵を右衛門尉どのに任せているのは、それだけ頼りにしているからではないか」

天下を見回しても、本願寺以上の敵はほとんど存在しない。その敵に対する総大将を務め、七ヶ国からなる大軍勢を率いているのだからその名望は比肩する者がない。たしかに丹羽長秀や自分は一国を任されているが、織田家第一はやはり佐久間信盛なのだ。

「……慰めてもらうような形になって悪いな」

信盛は憑《つ》き物《もの》が落ちたような顔になっていた。

「実はな、少し前に隠居を願い出たことがあるのだ。若い者たちも大いに働いておるし、殿が育ててきた小姓や馬廻衆も一軍を率いて恥ずかしくない人材が増えてきた。俺のような老兵がいつまでものさばってよいものではない」

隠居か、と権六は胸のうちをひんやりとした風が吹いていくのを感じた。下社の城と地を守るために戦っているつもりが、いつしか千だ万だという軍勢を率いていくつもの国境を越えて戦うようになった。

何の縁もない南近江の城を守ったり、はるか彼方《かなた》のような大和の守護となるように命じられたり、足を止めると何を目指しているのかわからなくなる。

将軍を都に戻すのを大義名分として上洛し、その後、将軍と決別した信長が何を目指しているのかもよくわからない。

「将軍の位を欲しがっているわけでもなさそうだし、そろそろ四方の者たちと手打ちをして天下さまとして平穏な日々を過ごしてほしいものだ」

信盛の言葉は権六の胸にすとんと落ちた。

「伊勢と越前と……あとは紀州《きしゅう》か」

「いや、加賀も門徒の持ちたる国になっているし、武田四郎は父に劣らぬところを見せようと三河や美濃にちょっかいをかけ続けている」

「門徒を潰したところで終わらぬ、か」

「戦が終わらぬ方が楽しげな者もおるがな」

いくつもの顔が頭に浮かぶ。権六と信盛は顔を見合わせて苦い笑みを浮かべるしかなかった。

四方を封じ、城の中を人で満たしてしまえば兵糧攻めほど効き目のある攻め方はない。ただ時が過ぎるだけで敵は弱っていく。門徒はその地で兵を挙げることは得意としているが、大軍勢を編成して他国へ送ることはあまりない。

「美濃や近江の門徒もわざわざ助けに来るということもなさそうだが、その代わり、石山の腕利きが采配をふるっているようだ」

信盛は本願寺のいつもの手だ、と言った。軍勢を動かさぬかわりに将を送り込む。下間一族などの本願寺坊官はそのあたりの武将よりもよほど手ごわい。

だがどれほど将領としての才覚があり、仏の道を説くことがうまくとも、人々の飢えを癒やすことはできない。結局長島の坊主たちは、籠城している者たちの助命を条件に降伏すると申し出てきた。だが、信長からの命は、城から出てきた者を皆殺しにせよ、というものだった。

九

「それはまずい」

権六は命を伝達してきた簗田広正に諫めるよう求めた。

「殿が長島の門徒どもへ抱く憎しみ、よくわかる。俺も多くの家中を失い、傷も負った。だが、約を結んでそれを破るのは後の祟《たた》りが怖い」

「後の祟りが怖いとは、権六どのはあちらの仏を信じておられるのか」

「ばかなことを。もし殿のお言葉に裏表があると知れ渡れば……」

「知らせなければよい」

「何？」

「城に籠った者どもは天地を恐れぬ大罪人。根切りにせよとのご命令です」

「根切り……」

一人残らず皆殺しにせよ、というのは頑強に抵抗した一つの城で後の戦を早く終わらせるためにすることもある。百の命で千の命を永らえるのだ。だが、三つの砦に籠る者の数は三万に及ぶ。門徒として激しく戦った者もいるが、女に子どもや老人も多い。彼らは新たな領国の礎《いしずえ》となるから、降れば許すのが常だった。

「門徒となった時点で悪である。これ以上僻事《ひがごと》を申されるなら殿にそのように申し上げる」

「そうではない。そうではないが……」

「確かに殿の命はお伝えした。では」

広正は母衣を風になびかせて馬を走らせて去った。その様子を見ていた佐久間盛次は、何だあれはと舌打ちしている。諸将も同じく腹立たしさを隠さなかった。信長の近くで長く働いていると、皆あのような態度になる。

「己が殿だとでも言い出しそうな顔だ」

そう思わせるほどに主君に没入しているのだろう。むしろ、小姓たちより心酔しているように見える丹羽長秀や木下秀吉が、信長とはまるで違う印象を湛えているのは興味深かった。

九月二十九日早朝、ついに長島の門が開かれた。先頭に願証寺の坊主たちが当主の顕忍《けんにん》を囲むように城を出て、その後から坊官たち、そして兵と民たちが出てくる。坊官あたりまではまだ人の形を保っていたが、民や子どもたちはもはや幽鬼のごとしであった。長島の城だけでも数千の兵と民が籠っていた。全員が城を出た時、城門は信長の馬廻衆によって閉ざされた。城から出てきた者たちの面《おもて》には何の表情も浮かんでいない。母親の手に抱かれた赤子も、泣く気力すら失っているようであった。これが極楽を謳う教団が導く姿なのだ。

根切りにせよという命令は自分たちにだけ出されたものではないはず。だが、誰も動かない。城から降ってきた万を超える者たちを、一気に皆殺しにするという経験は、まだ家中の誰にもない。その時、信長の本陣から一斉にくぐもった音が聞こえた。叫び声と共に、ばたばたと城兵と僧侶たちが倒れていくのが見えた。

その銃声を合図にして、秀吉と光秀の隊が一斉に槍を構えて城の者たちに向かって突き込んでいった。

「後れを取るな！」

と権六も叫び、自ら槍をふるって突進していく。これは権六の知っている戦ではない。だが、こういった戦をやっていかねばならない。

戦は恐ろしく、悲しく、時に楽しいものだ。だが、門徒らを突き伏せている間は、ただ不快でしかなかった。なぜ本願寺などに命を預け、地獄のような目に遭っているのか。その愚かしさも腹立たしかったし、降伏を受け入れてなお、鉄砲を撃ちかける主君のやりようにも、どうにも釈然としないものが残った。

だが逡巡《しゅんじゅん》している暇はない。それまで死人のような歩みを見せていた、下帯一つの男たちが太刀ひとふりを振りかざして、信長の本陣に向けて駆け出したのである。

鉄砲と馬廻の精鋭たちに防がれて一瞬にして全滅するかに見えたが、乱れたのは信長本陣の方であった。権六はそれを見てすぐさま一揆衆の背後へ回り、ひたすら突き伏せて回った。皆殺しの場になるはずが、軍中は大混乱に陥った。

鉄壁に見えた信長の本陣でこれほどの死人を見ることは、これまでなかった。織田方の鎧武者たちが数多く殺されている。裸の敵の速さにほとんどついていけないのだ。死を覚悟した兵は何より恐れるべきものである。恐れがないから刃に迷いがない。討たれた者たちは的確に急所を斬られ、命を落としていた。

権六たちはただひたすら、信長の本陣を目指した。

総大将にもしものことがあれば、自分たちが築き上げてきたものが瓦解《がかい》する。本陣の幔《まん》幕《まく》は破られている。権六が飛び込むと、信長はその中央で槍を抱え仁王立ちになっていた。足元には腸《はらわた》をぶちまけた敵の死体が三つ転がっていた。

「わしは根切りにしろと命じたはずだ」

信長の怒りに数人が思わず膝をついた。だが権六は膝をつかない。主君の怒りに震える前にやることがある。

「おのれらが我が命の通りに動かぬからこのようなことになる。権六」

そう言うと槍先を突き付けた。

「何度も失望させるな。屋長島と中江に火をかけよ」

は、と頭を下げて乱軍を収めに戻る。城兵たちは鬼神のような働きを見せたが、それも所詮最後の燭光《しょっこう》であった。

「何ということだ。許さぬ」

秀吉が怒りに顔を紅潮させている姿が見えた。乱戦の中で甲冑の肩当がちぎれ飛んでいる。

だが、その後の様子を確かめる間もなく、全軍が揖斐川向かいの砦へと向かった。既に水も漏らさぬ包囲がなされているが、その四方から一斉に火がかけられた。城兵は火を消そうとするが、炎の勢いに砦は崩れ落ちていく。叫びと悲鳴が風に舞い、それは丸一日続いた。

伊勢長島の門徒はその多くが命を落とし、一揆を率いていた侍や坊官は磔《はりつけ》にされ、首はさらされた後に捨てられた。

長年尾張の間近で信長を苦しめてきた長島門徒はついに滅んだのである。だがその喜びも高揚も、軍中にはなかった。

「嫌な気配になりました」

惣介も浮かない顔である。

浅井・朝倉攻めにも劣らぬ大勝利だ。これで伊勢は完全に織田家の支配下に入った。大いに祝ってしかるべきだ。だが信長は形ばかりの祝宴を張った後、すぐに東へ軍を動かすことを命じた。

第五章　刮目ならず

一

東美濃から奥三河にかけては、武田と織田・徳川の同盟が長年奪い合ってきた地である。だが岩村は、木曽や伊那からの圧力と代替わりの際に信長が強引に跡継ぎを据えてしまったために、かえって武田方に奪われる形となった。

奥三河には山家三方衆《やまがさんぽうしゅう》と呼ばれる国衆が割拠し、彼らが徳川につくか武田につくかで情勢は大きく変わる。今川義元が桶狭間で命を落として後、駿河と遠江《とおとうみ》は武田と徳川で奪い合う形となったが、信玄の巧みな用兵によって家康は三方ヶ原で大敗し、東海での覇権を握れずにいた。

信玄の死後、家康は徐々に駿遠《すんえん》を手に入れつつあったが、武田の勢力下にある信濃伊那谷に繋がる奥三河を手中に収めない限りは、常に背後を脅《おびや》かされる状況だった。

「奥三河が徳川どのについたらしい」

という報は下社から大和の権六のもとに届けられていた。武田勝頼からすれば、奥三河が徳川方につくと東美濃や東海への道が一つ閉ざされ、逆に信濃への道を奪われてしまうことになる。

勝頼としては絶対に落としたくない地であった。だが一方で、信長からの陣ぶれを見た権六は、そこまで信長はこの戦を重く見ていない、とも考えていた。

「将は多く兵は少ないいな」

信盛が久しぶりに下社を訪れていた。桶狭間の後から任されている大高城《おおだか》に行くというのが表向きの理由だが、もう一つ役割があった。

「殿の命とはいえ、あまり気が乗らぬな」

「だが、右衛門尉どのほどの貫目がなければ向こうも信じぬだろう」

「それはそうだが……」

織田家中筆頭で年長の佐久間信盛が、手柄を認められず国も与えられず腐っている。武田家に内応する用意がある。そう噂を広めさせたのは他でもない信長自身であった。

「家中で本気にする奴がおるのが困る」

「殿が知っておればそれでよいではないか」

権六は慰めたが、それでも不安そうだった。

「もしや謀にかこつけて俺を放逐しようとしているのではないだろうな。それは、若い者と違って俺は殿の耳に痛いことも言わねばならんし、正直長島攻めの後は強く諫めさせてもらった。あのようなことをしては天下の信を失う、と」

「よく諫言してくれた。他の者ではそうはいかぬ」

信盛は恨めしそうに権六を見た。

「お主も言わぬか」

「立場が違う。ずっと忠節を尽くしてきた右衛門尉どのと、刃向かった俺とでは、言葉の重みも殿の受け取り方も違うだろう」

「もう何十年も前の話だろう」

「殿は忘れておらぬよ」

そう言うと信盛も渋い顔をしてしばらく黙り込んだ。

「人は忘れるものだが、殿は本当に忘れない。特に悪しきことをした者のことは決して許さぬし、いつまでも覚えておる。……いやいや、権六はとうに許されているだろう。そうでなければ俺に互するほどの大軍勢を託されたりはせぬ」

そう一気に言って、またしばらく口を閉ざした。

「いや、俺がそこまで思うほどでなければ謀などうまくいかぬな。ともかく、やれと命じられたことはやろう。若い者にまだ負けたくはない。だが、もしわしが何かしくじった際には……」

信盛は権六の手を握った。

「何とか俺に、いや俺の家が続くように手を貸してくれ」

「そんなに気にせずとも」

「いや、お前は感じぬか。殿は変わってしまわれた」

「それはわかるが……」

齢《よわい》を重ねてますます妖刀のような切れ味を見せている。

「何を言っても信じてもらえぬ気がするのだ」

それも無理はないだろう。長政への信頼は権六たちが思った以上に深かったらしい。

「これで、弟に裏切られるのは二回目、ということか」

信盛の言葉が権六の胸に刺さったが、気付かれてはいないようだった。

「だが、殿の才覚と天分のおかげで、我らもこのように大きくなれた」

動揺を隠すように権六は言った。

「それは望んでのことか？　本心から天下さまの重臣となって西に東に千里を駆けて、戦い続けることが権六の望みか？」

元々の望みではないし、信長もそうではないだろう。下社の地と民を守るためだけに織田家に力を捧げてきた。だが、富も力も目の前に積み上がっていく。それを保つために政と戦がある。政から目を逸らすわけにはいかないし、戦いを挑んでくる者がいれば叩き潰さねばこちらが没落してしまう。

「いつまで続くのやら……」

「ともかく、武田を何とかしてから考えよう」

盛り上がった信盛の肩のあたりが、以前よりもしぼんだような気がした。

権六の率いる軍勢およそ二千は、信長の本隊とともに三河の岡崎《おかざき》へと向かった。武田勝頼は伊那谷を降り、奥三河へ入りつつあるという。

しかし奥三河には、大軍勢がぶつかることのできる適当な合戦場がない。そこで信長は時に使う方法を選んだ。勝頼に挑戦状を送り、日時と場所を決め、そこで堂々とぶつかろうと挑んだのである。以前、この手を使った信長に対し比叡山に籠った浅井長政と朝倉義景は黙殺した。それも当然の話で、挑戦に乗ってしまえば相手の望む通りに戦を運ばれる恐れがある。

だが勝頼には、その挑戦がたまらなく魅力的に思えた。

父信玄が世を去った後の武田家は、依然として関東最強の大名であった。ただ、家を継いだ勝頼は、父を支えた武将たちから十分な敬意を向けられていないと焦っていた。

当初は、父信玄よりもむしろ積極的に四方に戦や謀略を仕掛け、さすがは信玄の子と称えられることもあった。だが勝頼は信玄の嫡男として育てられたわけではなく、彼が武田家の棟梁となったことを、内心快く思っていない者も少なからずいた。勝頼の心の中には、いつかそのような者たちを己の実力で見返してやりたいという思いが高まっていた。

権六の軍勢が奥三河長篠《ながしの》の設楽原《したらがはら》に着くと、陣城を築くよう命じられた。急造ではあるが、陣前の土を掘り、馬を防ぐ丸太の柵《さく》を二重に組んだ。

「受けて立つ構えか」

兵たちは囁き合った。

一方で信長は、勝頼の本隊が布陣するのを見るや、その周囲の砦に兵を回して一気に落とすと同時に、長篠城を囲んでいた武田勢を追い散らしてその退路を断った。

勝頼がどの程度佐久間信盛の裏切りを信じていたか定かではない。だが、重臣たちの反対を押し切り、かつ退路を断たれた武田勝頼は、織田軍の主力に向かって正面決戦を挑むしかなくなっていた。

戦は相手の動きをいかに読むかが勝敗の分かれ目となる。信長とその精鋭たちは、武田軍を追い込んだ方に、鉛弾の罠《わな》を存分に仕掛けていた。

長島の一揆のような、下帯一つで抜き身一本を振り回して斬りかかってくるのとは、また別の迫力が武田軍にはあった。騎馬武者にしても兵卒にしても武具が行き届き、足取りは力強く、もし正面からぶつかっていたら尾張兵は蹴散らされていただろう。

誰もが半ば砦のように築かれた柵に遮られ、急造の堀の前で足が止まったところを鉄砲で撃ち抜かれていった。

戦の音が遠く感じられた。

「切ない戦ですな」

惣介が小さな声で呟いたのがはっきり聞こえるほどに、戦の音が遠かった。前線は銃火と吶喊《とっかん》の音が入り混じった恐ろしい喧騒に包まれている。だが城のごとく堅く守られた陣の中は静かだった。

「敵が退き始めました」

その報を受けての信長からの追撃の命は、すぐには下らなかった。

「信濃には後詰があるかもしれない」

設楽原には無数の死体が転がっていた。趣向を凝らしたはずの兜《かぶと》の前立ちが無残に折れて泥に突き立っている。数日前には陽光を跳ね返して煌《きら》めいていたはずの兜の主の瞳は光を失い、天を睨んでいる。

「陣払いをせよ」

という命が本陣からもたらされた。敵は数千の名のある侍が落命し、奥三河の要地を失った。ここで勝頼を追うよりも、他に力を注いだ方がよい、と信長は判断したようだった。このあたりは徳川の領域であり、かつて三方ヶ原で存分に手助けすることができなかった義理を果たすことができた。

家康はあくまでも織田家の盟友である。従属しているわけでもなかったが、彼の信長に対する態度は一貫していた。息子が信長から疑念を抱かれた際には腹を切らせ、金ヶ崎の退き陣でも信長の家臣たちに交じって殿《しんがり》の危機を引き受けた。

三河者は愛想がない。家康も口数の多い方ではなく、誰もがくちびるを縫われているかのように余計なことを言わない。粘り強く、義理がたい。家康は己のそのような印象を崩さぬよう細心の注意を払っているように見えた。

「聡明なお方です」

滝川一益が感心したように言った。

「我らが戦いやすいように力を尽くして便宜をはかってくれました」

この合戦での勲功第一は、設楽原の背後に位置する鳶《とび》ヶ巣山《すやま》の砦を落とした徳川家中の酒井忠次《さかいただつぐ》だった。彼の働きのおかげで長篠城は武田軍の包囲から救い出され、勝頼に正面突破を決意させた。

織田方でもっとも功績があったのが、滝川一益だった。

「俺が働いたというよりは、鉄砲が仕事をしたので」

一益らしい誇り方だった。

「扱いづらいところもありますが、もはや武人の強弱で戦は決まらぬのかもしれませぬ。ま、槍も刀も同じですが、攻めが強くなれば守りの技も上がりますからな。今は竹束で防ぐぐらいですが」

鉄砲の打ちかけ合いだけで終わる戦も味けないが、もともとは矢戦でほとんど勝負を決めていたのだから、人死にの少なかったかつての姿に戻るだけなのかもしれない。

「武田の相手は徳川どのがしばらく引き受けることになりそうです。あまり殿に東海に出てきて欲しくない、というのが徳川どのの本心のようですな」

三河、駿河、遠江の支配が家康の望みのようで、信長もそれを了承しているようだ。家康が強くなるほど、織田家の東は安泰となる。

「次は越前ですな」

一益は遊山《ゆさん》にでも行くような口調で言った。

「また門徒相手か」

権六はうんざりしていた。越前が一揆持ちの国となり、その向こうの加賀も門徒の国だ。そして加賀を抜けると今度は上杉謙信の顔が見えてくる。信長は謙信の機嫌を取り続けていたが、勝頼に痛撃を加え、越前に再度大兵を送ることになれば、どう動いてくるかわからない。

「石山が腹を見せぬ限り、戦は続くでしょう」

権六はもはや、本願寺を屈服させたところで何も終わらないのではないかと諦めに近い想いを抱いていた。

二

長篠での戦が終わった後、信長は権六たちが予期していた通り越前攻略へととりかかった。

「身の休まる暇もありませんね。権六さまの顔色がすぐれないように思えます」

お筆は病床から体を起こした。

「致し方のないことだ。お筆は己が身の心配をしておればよい。俺は大丈夫だ」

権六はそっと妻の体を寝床へ横たえた。触れた肩に細い骨が感じられてはっとしたが、権六は表情に出さなかった。

「お帰りになったらあれをしよう、これを話そうと考えておりましたのに、このありさま。申し訳ないことです」

「何を言っておる。まずは養生だ」

「ここしばらく、戦から帰ってこられた権六さまとはこういう話ばかりです」

ふふ、とおかしそうにお筆は微笑み、そして咳《せ》き込《こ》んだ。大和には医師や薬師《くすし》が多くいる。その中でもとりわけ評判のよい者を選んで診せているが、皆首を振るばかりだ。

「次はどちらに行かれるのですか」

「越前になるはずだ」

「お忙しいことですね……」

大和の静けさはお筆にはあっているようだった。初めて出会った時、その手に握られていたのは見事な作りの大和筆だったことを思い出した。

「ともかく、ご武運とご無事を……」

再び激しく咳き込んだ妻の背を撫で、落ち着いて眠りについたところで部屋を出る。薬湯の匂いが庭にまで漂い、三右衛門が心配そうに立っていた。

「母上は良くないのか」

「良くなるよう努めておる」

「俺たちにも会いに来るなと言っている」

「そうだろうな」

長篠から帰ってからも、一度お筆は権六が部屋に入ることを拒んだ。病がうつることを恐れてのことだったが、権六は顔だけでも見せてくれと中に入ったのである。三右衛門や勝豊とは血は繋がっていないが、彼らはお筆を母と慕っていた。

「大和は名医が多いというが、役立たずばかりだ」

三右衛門は苛立たしげに言う。

「医者を罵っても仕方ない」

「殿さまはこのまま母上が死んでもよいと思っているのか」

「そう思うか？」

権六が訊ねると三右衛門はくちびるを噛んだ。

「出陣の用意をせよ。大和へはわずかな兵を残すのみでよい」

「今井への備えはどうされますか」

惣介が訊ねた。

「打って出てくることはあるまい。そのあたりは大和の者たちに任せよう」

今井の門徒は守りに強く、まとまってもいたが、四方を敵に囲まれている状態とも言えた。門を開いて国中を荒らし回る心配はない。権六が来てから奈良の国衆たちも表向きは静かであった。


越前へは、これまで信長が支配下に置いたほぼ全ての国から十万を号する軍勢が向かうことになった。これは長島願証寺を攻める際とほぼ同じ規模で、長篠の三倍近い兵が動員されることになる。

門徒と戦う際は徹底的にやらねばならない。騙《だま》し討《う》ちへの反撃とはいえ、長島で戦の最後に見舞われた、その凄まじい一撃は、信長だけでなく織田家中の者の脳裏に深く刻まれていた。

かつて辿った道を再び北へと辿る。

琵琶湖の周囲も静謐を取り戻した。少し前まで数万の軍勢が対峙し、多くの兵や民が命を落としたことなど忘れたかのように、湖畔《こはん》の風景は穏やかなものとなっている。よく目を凝らせば、遠くに望む砦の中には焼け落ちているものもあり、足もとには具足の欠片が落ちていたりする。

だがこれも年月と共に消えてゆき、戦の記憶も薄れていくのだろう。織田家という枠の中に入ってしまえば、貢租を納め、兵となって戦場に赴き、城や堤を築くために人手を差し出さなければならない。そうすればこの平穏の中にいることができる。

織田家の領域が広がるに従って、敵も大きく強くなった。だが大きく強くなった敵を倒してその領域を飲み込むことで、静謐を保てる地域はさらに広がっていく。

「坊主と奴らに阿《おもね》る者どもを越前の地から滅ぼす」

信長は出陣前の軍議でそう宣言した。

「放逐するのではない。滅ぼすのだ」

その意気込みを証明するように、織田家中の主力のほとんどを先鋒に振り分けた。佐久間、柴田、丹羽、滝川、羽柴、明智をはじめとして、美濃三人衆や、細川改め長岡《ながおか》藤孝、塙直政、簗田広正といった面々も一軍を率いている。

だがその中でちょっとした言い争いが起きた。

「先陣はぜひわしに」

と秀吉が言い出したのである。

「長く近江で浅井・朝倉の軍勢と対峙し、越前で門徒と反目する諸寺とはかねてから昵懇の間柄でございます。わしが織田の旗を立てて先頭をゆけば、おのずから敵する者は滅ぼされ、殿に恭順を誓う者は軍勢に加わることでしょう」

だが、その秀吉の言葉を制止する者がいた。

「此度の戦はぜひ私に」

身を乗り出したのは光秀であった。

「湖西を任されて北陸からの客を多く迎え、当地の侍たちにも越前の情勢に通じている者が多くいます。羽柴どのは湖北の要地を治めておられますが、長年の浅井家の支配を拭《ぬぐ》い去《さ》るのにまだ時を要するはず。私は心を入れかえて殿に忠誠を誓う坂本、高島の衆をはじめ、美濃や畿内の精鋭を与えられて、越前を攻め取る備えは整っております」

秀吉も光秀も立ち上がり、激しく視線をぶつからせる。この数年、信長のもとでもっとも功績を上げてきた二人だ。どちらが先鋒となっても大きな手柄を立てるだろう。

「しばし」

権六は思わず立ち上がった。諸将が一瞬ざわめく。権六が軍議の場でこのように自ら言葉を発するのは珍しかった。

三

「我が軍勢が大軍をもって敵と当たる際には、必ずや佐久間、柴田の両勢が先鋒を務めてきました。退き陣でもまたそうです。殿の御身をお守りし、敵の鋭鋒を挫《くじ》く栄誉を与えられてきたのは長年殿のために働いてきた我々です。確かに藤吉郎、十兵衛どもの近年の目覚ましき働きぶり、先鋒にふさわしきものでありましょう。ですが、門徒と誰よりも戦ってきた俺と佐久間どのこそが、門徒の持ちたる国となった越前を攻める先鋒となるべきです」

信長はしばらく目を閉じ、扇子《せんす》を数度鳴らした。

「藤吉郎と十兵衛の言葉、実にもっともである。そして右衛門尉と権六の思いもよくわかる。この戦、越前を攻め取ることが肝要ではあるが、より厳しい戦はその先にある」

「その先と申しますと越後ですか」

信長は藤吉郎を睨みつけ、粗忽者《そこつもの》が、と叱りつけた。

「今は越前の話をしている」

藤吉郎が首を縮めるさまは昔と変わらないが、信長もさすがに蹴倒しにはいかなかった。

ただ冷ややかな視線を送るのみだ。

「朝倉に従っていた者どもに越前を任せていたところ、我欲にとらわれて民草のことを考えず、結局は門徒の坊主どもに付け入られることとなった。邪《よこしま》な教えは士民の心に入り込み、無駄に命を捨てさせる」

顕如が越前に「守護」として派遣した下間頼照《らいしょう》や、郡司とした杉浦玄任《すぎうらげんにん》、下間頼俊《らいしゅん》、七里頼周《よりちか》ら大坊主は、朝倉氏旧臣の領地を支配し、さらに織田軍との戦に臨んで、越前在地の国人衆や民衆を絞りに絞った。

越前の天台宗や真言宗寺院は反発し、真宗高田派《しんしゅうたかだ》（専修寺派《せんじゅじ》）をはじめ国人衆や民衆、遂には越前の一向門徒までもが反発し、一揆衆は内部から崩壊しつつあった。

だがそれでも、門徒は強敵には違いない。権六の脳裏に長島での惨状が浮かんだ。

「越前の政を我らの手に取り戻してからが肝要なのは、これまでの経緯《いきさつ》を見ればわかる。わしもしばらくは越前に留まるが、いつまでもというわけにはいかぬ。その際には権六と右衛門尉のような、家中で重きをなす者の力が必要だ」

信長は先鋒を秀吉と光秀の二人とし、権六と信盛は信長本隊と共に進軍することとなった。秀吉と光秀はぱっと表情を輝かせ、平伏した。

越前への攻め口は近江との国境を過ぎて敦賀に至り、木の芽峠を越えて府中を目指す。守る方は北上してくる敵を防ぐため、山際と海沿いを通る街道沿いに砦や城を集中させて守りを固めていた。

秀吉と光秀を先頭とした織田軍先鋒は燎原《りょうげん》を炎がゆくがごとき勢いで敦賀湾沿いの諸城を落としてしまった。陸からだけでなく、丹後《たんご》国衆の水軍も加勢して、海沿いの城は攻撃を受けるや即日門を開いた。

先を争うような秀吉と光秀の進軍は、ただ力押しにしているわけではなかった。用兵の巧みさもさることながら、敵将の心を揺るがせ、こちらへ寝返らせる術《すべ》にも長けていた。

戦には定石《じょうせき》があるが、それは教えられて身につくものではない、と権六は考えていた。むろん、兵の強さや軍勢の多寡はあるだろうが、暗闇の中で手探りするように敵を探し、将の心を推し量り、勝ちを得るのは知勇と天運共になければならない。

「二人とも大したものだな」

「若い連中に厳しい右衛門尉どのが珍しい」

「いや、さすがに認めなくてはならぬだろう」

信盛も一流の将だ。そうでなければ家中第一とは称えられない。その男が舌を巻くほどに、越前での秀吉と光秀の戦いぶりは見事だった。

圧巻だったのは、海沿いの諸城を落とした後、山沿いの敵を放っておいてまっすぐ府中に向かったことである。西の城と砦があっという間に落ちて浮足立った山沿いの城兵たちは、信長本隊の大軍勢を見て我先に府中へと逃げた。

一揆勢は灰燼に帰した一乗谷ではなく、古くからの国府である府中に本拠地を構えていた。あっさりと防御を破られた一揆方は秀吉と光秀の軍勢に蹂躙された。越前守護職として本願寺から派されていた下間頼照は逃亡しようとしたが捕えられ、多くの僧侶や一揆についた国衆たちも討ち取られたり捕えられたりした。

越前の戦況が落ち着いたところで、信長は一乗谷城に入った。

あらためて、この国の主が誰かを越前一円に示したのである。そして秀吉と光秀、長岡藤孝、稲葉一鉄に加えて馬廻衆の中でも大身の簗田広正を加賀南部の能美《のみ》、江沼《えぬま》の二郡に攻め込ませた。

いまだ強い勢いを保つ加賀門徒と越前の間を絶とうしたのだ。そして加賀に兵を向けた後、信長は権六を急ごしらえの広間に招いた。

「この国、お主に任せる」

そう命じた。大和の時のように奉行として入るのかと思っていたが、

「八郡のうち、此度の越前攻めで無主となった地を全て治めよ」

信長に驚かされることはこれまでも度々あったが、今回ほど理解に時間がかかったことはなかった。越前攻めでもっとも働いたのは秀吉と光秀であったから、どちらかに委ねられるものと思っていた。

それ以前に、信長がそれほどまでに自分に信を措いていることが驚きだった。

「勘違いするでない」

信長はぴしりと膝を叩いた。

「藤吉郎どもには他で働いてもらわねばならん。それに荒れた越前の傷を癒やすにはそれなりに名のある者がいる」

はっ、と権六は平伏した。

「すぐさま大和を引き払い、郎党全てを率いて越前で城を構えよ。府中は守るに向かず、一乗谷は朝倉の影が色濃い。北《きた》ノ庄《しょう》がよかろう」

四

事新しき子細候と雖も、何事に於ても信長申し次第に覚悟肝要に候、さ候とて無理・非法の儀を心におもひながら巧言を申し出すべからず候、其段も何とぞかまひ之れ有らば、理に及ぶべし、聞き届けそれに随うべく候、とにもかくにも我々を崇敬候て、影後にてもあだにおもうべからず、我々あるかたへは、足をもささざるように心もち簡要に候、其分に候へば、侍の冥加有りて長久たるべく候、分別専用の事、

天正三年九月　日

信長から権六に与えられた「越前国掟」と呼ばれる命令書である。越前一国全てではないが、そのほとんどを任される。

大和はあくまでも信長の奉行ということで、政全般を見るにしても知行がそれほど増えるわけではなかった。だが、越前では一揆についた国衆や朝倉の旧臣の領地も権六の支配下に入った。

「検地してみなければわかりませせぬが」

惣介は権六麾下の諸将を前にそう断って言った。

「四十万石は下らないかと」

越前は朝倉の栄華を支えたほどの地力をもっている。門徒との抗争が絶えなかった時代ですらそうだった。今や越前国内から門徒の脅威は消え果てた。ようやく自分たちにも春がくる。そんな緩んだ気配が一瞬流れた。

権六は信長から授かった国掟の最後の一条をそらんじた。

「独断するな、言い訳は許さぬ。国持ちになれたのは誰の力かゆめ忘れるな、と殿はおっしゃっている。多くを与えられたが、手放しで喜んではならんぞ」

権六は最後に信長から向けられた視線の恐ろしさを皆にわからせようとした。

「我らは殿に、常に疑いの目を向けられていることを忘れるな」

浮足立ちかけていた多聞山城の広間はしんと静まり返った。

府中には前田利家と佐々成政、そして西美濃で三人衆に次ぐ有力者であった不破光治《ふわみつはる》が入り、大野郡は赤母衣衆の一員として信長に重用された金森長近《かなもりながちか》が治めることになった。

「この者たちを羽翼とし、越前の政を全うせよ。もしお主の働きに緩みがあれば彼らからわしに注進が入ることを忘れるな」

信長はそう釘を刺していた。

ほぼ全ての荷物が荷駄として越前北ノ庄へと先に向かい、あとは権六と直臣、その家族たちが北へ向かうのみとなっている。

多聞山の新たな主となる塙九郎左衛門《くろうざえもん》直政との引き継ぎは既に終えていた。

永禄十一年に信長が都に入って以降、吏僚として畿内の政を任されていた。蘭奢待下賜の際も奉行を務め、天正二年に南山城守護、天正三年に大和守護を命じられている。

「お主なら安心だ」

権六が言うと、直政はほっとした表情を浮かべた。直政は権六が義理の娘にした少女を妻としていた。母衣衆として武勇も人並み以上であったが、長年信長の傍近く仕えて手柄も多い武人でもある。

「織田家も随分と図体が大きくなりましたが、権六どのへの報いは遅すぎるほどです」

「これまでのことを考えると遅くはない。九郎左衛門もいつしか畿内の半ばを任されるようになった。舅《しゅうと》として実に鼻が高い」

「大きな手柄もなく守護を命じられて肩身が狭《せも》うござる」

内心ではそんなことは思っていないのだろう、と権六は見ていた。

「軍を率いて戦えば目立つというだけだ。政あっての戦の手柄だ」

直政は求めていた答えを得られたのか、満足そうに笑みを浮かべた。塙直政は河尻秀隆らと並んで歴戦の馬廻衆の一人だ。信長は彼らを傍近くで使うだけでなく、城や国を与えて政の表に立たせようとしている。

古くから槍働きをしている者たちの中には、自分たちの功績をかすめ取られているのではないかと快く思わない者もいた。何より、信長が遠くなった。馬廻や小姓たちを通さねば信長と話をすることができない。

権六も南近江や大和の国衆たちの取次をしていたが、信長が多忙すぎるのか思いのほか返答が遅く、国衆たちから不平を言われることもあった。

越前への旅路にはお筆も同道している。だが、近江と越前の境のあたりで急に具合が悪くなった。咳き込んだ拍子に大量の血を吐いたのである。

急ぎ医師を呼んだが、もはや医薬にどうこうできる容体ではない、と権六に告げた。お筆は苦しい息の中から、勝豊と佐久間盛政ら一門衆の中でも我が子と育てた者たちを呼ぶよう、権六に頼んだ。

そして皆が揃うと、近くへ招き寄せる。身を起こし、それぞれの手を握ると、互いに重ね合わせた。どこにそんな気力が残っているのかと不思議なほどに、明るい笑みを浮かべた。

「己を捨て、家のためのみを思いなさい。それが殿を助け、あなたたち自身を助けることになる。自らの功は小さなこと。人を立てることこそ己を立てると心得なさい」

か細いが、強い声だった。いつしかお筆が臥《ふ》せる寺の庭には、三右衛門たちと共に権六の麾下に入った若者たちが集まっていた。その顔一つ一つに優しい視線を送ったお筆は、

「戦や病で先に浄土へ赴いた子供たちが待っていることでしょう。蓮池《はすいけ》の畔《ほとり》から皆のことを見守っています。武運と壮健を……」

不意に言葉が途切れた。権六はその体を支える。あまりに細く、そして軽かった。権六は霊魂など見たことはなかったが、この時ばかりは妻の体から何かが抜け出して天に昇っていく気配を感じていた。

慟哭《どうこく》が庭に満ちていく。お筆が越前までの旅路に耐えられるか、権六も自信がなかった。だがお筆自身が、じっと休んでいても命はいずれ尽きる。それなら皆と一緒にいたい、とついてくることを望んだのだ。

「……弔いはどうしましょう」

涙を拭い、それでもきっと顔を上げて惣介は訊ねた。惣介は妻となる前のお筆の面倒を見ていた。下社城の裏山にある小さな庵《いおり》で暮らしていたお筆を日夜見守っていたのは惣介だ。

湖北の山々が東西から迫っている。まだ越前と近江の境を越えているわけではない。北

ノ庄まで連れていってやりたかったが、遺骸を運ぶには遠すぎる。一刻ほど、そんなことを考えながら権六は動けなかった。その時、数騎の早馬が南から駆けつけてきた。そのうちの一騎は秀吉であった。

五

秀吉は廊下を小走りで駆けてくると、お筆の眠る部屋の入り口で膝をついた。そしてぐっと拳《こぶし》を握って涙を流したのである。秀吉とお筆は面識がないはずであったが、その悼《いた》むさまは胸に迫るものがあった。

権六は丁重に礼を言い、弔いの件を頼んだ。

「むろんです。ここ賤ヶ岳《しずたけ》の頂より南北を望めば、権六さまの任地である越前を北に望み、かつて日々を過ごした湖南、さらには南東、伊吹《いぶき》の山を越えれば故郷尾張の風を感じることができます。権六さまがどこにいてもお筆さまの目が届きますよう、十分に弔わせていただきます」

お筆の死の瞬間も堪えていた涙が溢れた。

「気遣い、感謝する」

「いいえ、ありがたくも羽柴の名を頂戴し、お筆さまはわしからすれば、会わずとも母のようにお慕いしていたお方。そのような方を弔えるのはわが誉《ほま》れです」

　秀吉は賤ヶ岳の麓に小さな寺を建立し、末代まで祀《まつ》ると約束した。権六は悲しみの中に小さな慰めを得たような気がして、秀吉の手をぐっと握って謝意を示した。


　江北の主の厚意でお筆を弔った権六は、越前路を北へと向かった。府中には既に前田又左利家が入っていて、権六を出迎えてくれた。お筆が命を落としたことは利家の耳にも入っていたようで、行き届いた悔やみを口にした。

「立派な口上を言うようになったものだ」

「ようやく一郡の主になれもうした」

　からりと明るい表情に変えた。

「権六どのを見張る横目役というのはやや気乗りがしませぬが」

「遠慮なくやってくれ」

「それより……」

　利家は表情を曇らせた。

「門徒か」

「越前の門徒は前の戦でほぼ根絶やしになりましたが、加賀の者どもが手ごわいようです。もしかしたら越前から援軍を送ることになるやもしれません」

信長は越前攻略の後、加賀へも兵を送り南部の二郡を落としている。

「どうやらこの時、殿は加賀門徒は手向かいしないと思われたようです」

長島落城のさまは全国の門徒の胆を冷やしたであろうし、越前から逃れてきた者は加賀門徒に恐怖を煽っただろう。

「そう生易しいものではあるまい。簗田どの一人では心もとない」

利家は加賀に多くの兵を送る備えをするべきだ、と考えていた。

「又左の言う通りではあるが、越前を落ち着かせなければ加賀への援兵は送れない」

侍でも百姓でも多くが門徒に従い、命を落とした。そうでない者にも、戦と本願寺の苛《か》斂誅求《れんちゅうきゅう》を嫌って逃散《ちょうさん》した者が無数にいる。まずはそういった人々を呼び戻さねばならない。

「土地があるだけでは何も生みだせぬのだぞ」

「そんなことはわかっております」

利家はなかなか引き下がらなかった。

「ですが、加賀門徒の力がこれ以上強くなれば、越前に静謐が戻るのにさらに時を要してしまう。奴らは上杉の助けを受けているという話もあります」

「謙信と門徒は激しく戦っているはずだ」

「どうやら本願寺とは和議が成ったようです」

謙信は信長と長年友好関係にあった。越前に兵を進めても、信長は謙信に対して他意のないことを恭順な態度で説明し続けていた。だが、越前から加賀に信長軍が入り、その総大将である簗田広正に加賀一国切り取り次第の命が下っているのを知って、ついに謙信の疑念が確信に変わってしまった。

「そうか……」

もし謙信が全軍を率いて北陸路を上ってくるようなことがあれば、こちらも全力で止めなければならない。だが謙信のいる越後から西には越中守護畠山氏が一国を押さえ、実権を握る長続連《ちょうつぐつら》、綱連《つなつら》父子とは連絡がついていた。

「ともかく、そうなる前に越前を整えよう」

「しかし……」

「異論はそこまでにしてくれ」

権六が語気を強めると、利家は口を噤《つぐ》んだ。

普請《ふしん》が始まったばかりの北ノ庄城は清新の気配に満ちていた。大きく息を吸い、旅路の間ずっと考えていたお筆のことを頭の隅にそっと置く。

多くを失った越前を、これから織田家の柱となるような強国に変えていく。地があっても人がいなければ意味をなさないが、人が増えれば今度は揉め事が増える。

境目の争論や水争い、寺社と侍の争いや、喧嘩刃傷《にんじょう》沙汰《ざた》まで、あれこれ考えつつ裁きを下していると、下社にいた頃のことを久しぶりに思い出した。むろん、南近江でも大和でもしていなかったわけではない。

「腰が据わった、というわけですな」

惣介が言った。いつまでも若者だと思っていたが、いつしか鬢に白いものが増えている。

「もうお仕えして二十年を超えました」

「そんなになるか」

「そういう権六さまももう五十三か四でしょう」

だが、腰の据わった時は長くは続かなかった。天正四（一五七六）年に加賀に入った簗田広正の攻略戦は順調とは言い難かった。加賀門徒の勢いは激しく、広正は徐々に南に追い詰められ始めた。もし国境を破られてはことだ、と権六は援軍を出す、と使いを送った。

だが、広正は断ってきた。

「我らだけで十分、か……」

その気持ちはよくわかった。加賀一国切り取り次第は武将としての誉れであると共に、信長だけでなく家中、天下の耳目を集める壮事だ。いくら門徒が強敵とはいえ、権六の助けを借りれば恥となる。

「男の意地だな」

だが、天正四年の春になってついに広正が加賀の旗頭を降ろされた。権六も加賀の様子は気になって動静は摑んでいたが、思った以上に情勢は悪かった。

「俺はもう終わりだ」

簗田広正は憔悴《しょうすい》しきっていた。

「存分に戦っていたではないか。恥じることはない」

権六は広正を慰めた。

「せっかく殿が一国切り取り次第を認めてくださったのに……」

慰めの言葉が耳に入っているのかいないのか、俯いてぶつぶつと繰り返している。聡明で勇敢な馬廻の勇士が心を蝕《むしば》まれていた。こうなると、しばらく戦場に出すことはできない。

一揆は広正が守る大聖寺《だいしょうじ》城近くまで度々押し寄せ、その都度撃退されつつも広正を追い込んでいった。さらに、上杉謙信が大軍を率いて北陸道を西に進撃し始め、信長に通じていた七尾《ななお》城の家老、長続連から救援を求める急使が安土《あづち》へ駆け込んできた。

六

上杉謙信との戦は北陸道の覇者を決する戦いだ。

信長自身が出陣するとはじめ告げられていたが、本願寺を押さえるために畿内を離れることができず、権六を総大将として七尾城を救うよう命が下った。

権六は武者ぶるいをした。天下に名だたる上杉謙信と戦う総大将の地位は、一国を預けられるよりも名誉なことに思えた。

北陸に派された織田の軍勢は総勢三万。柴田勢を中心として、若狭の丹羽長秀、北近江の羽柴秀吉、稲葉一鉄ら美濃三人衆、前田利家ら府中三人衆がそれぞれ軍を率いている。

加賀の国境を越えて間もなくの位置にある大聖寺城の間近まで一揆衆は迫っていたが、権六たちの軍勢を見ると退却していった。

七尾城攻略のための軍議が開かれた。

「一揆衆は我らの勢いを見て怯んでいる。神速の勢いで七尾城に至り、城兵を助けて謙信を叩く。その際の先鋒を藤吉郎、お主に頼みたい」

戦となれば率先して先鋒に立ち、退く時は殿《しんがり》を見事に務める。秀吉が軍中にいることは何より頼りになる。お筆が亡くなった時の厚誼《こうぎ》も忘れ難く、大功を立てさせてやりたかった。だが、秀吉の口から発せられたのは、

「お断り申す」

というよもやの一言だった。

「謙信の進撃は早く、七尾城は落ちている恐れがあります。七尾城は堅いことで知られて

おりますが、敵の手に落ちればそのままこちらへ牙《きば》を剝くことになりましょう。七尾は敵地奥深くにあり、背後を取られれば退くのもままならない」

秀吉は一揆の拠点を攻略しつつ、謙信を越前近くまで引きつけるべきだ、と主張した。

「そもそも、我らが軍を進めているのは何のためか」

権六は信長の命を思い出させようとした。

「七尾城を救うのが第一だ。加賀の攻略はその後でもできる」

「城は一度落とされてもまた取り返すことができます。殿から数万の軍勢を委ねられて軽々しく猛進しようとする権六さまの命はお受けすることができません」

軍議は異様な空気に包まれた。

「藤吉郎」

権六はそれでも、我慢強く先鋒に立つよう促した。だが藤吉郎はやがて口元に笑みを浮かべて、首を振る。ついに権六は怒りを爆発させた。

「この軍は俺が率いるよう命じられておる。逆らうことは殿に逆心を抱いているに等しい」

だがこの言葉に藤吉郎も席を蹴って立ち上がった。

「北陸最強の敵を相手にするというのに、己の体面ばかりを考えるとは。権六さまは所詮総大将の器に非ず。近江三郡の命を預かっている身として、無茶な戦の先鋒はお受けしか

くる。
となく睨み返す。あれほど陽気で従順な小者だった男が、将として同格の振る舞いをして
権六は大喝した。将の数人が腰を浮かしかけたほどの怒声であったが、藤吉郎は怯むこ
「いい加減にせぬか！」
ねる」

秀吉の将としての強さ、聡明さを十分に理解しているつもりであったのに、怒りがそれ
を上回った。権六が刀の柄《つか》に手を掛けるが秀吉は怯まない。

「わしはもう以前の小者ではない。侮らないでいただきたい」

「小者などと思ってはおらぬ！　総大将としてせねばならぬことをしているだけだ」

「権六どの」

丹羽長秀と前田利家が前に立ちふさがった。

「怒りを鎮められよ」

権六は二人のうんざりした表情を見て怒りが引いていくのと共に、恥ずかしくなった。

何とか表情を戻し、

「我らはあくまでも七尾城を救って謙信の進撃を止め、北陸の安寧を守らんとす。各々我
が命に従って存分に戦ってほしい」

そう言って軍議を解散させた。床几《しょうぎ》に座る権六を置いて諸将が自陣へ戻っていく。最

後に長秀と利家が残った。

「見苦しいところを見せた」

権六は頭を下げた。

「藤吉郎もよくありませぬが、権六どのも頭ごなしに言い過ぎだ」

長秀の言葉に頷くしかなかった。

「今や藤吉郎は家中五本の指に入る将に育ちました。刮目して見ねばならず、相応の扱いをしてやらねば」

「むろんわかっておる」

だが、秀吉が自分に向けた目を思い出すと、怒りに体が熱くなった。権六の中に、秀吉を小者だと軽く見る心が残っていた。だが藤吉郎の方も、権六を下に見ていた。かつて己の外見を見て恐れ、嗤う者がいたことを思い出させる嫌な視線だった。

「頭を冷やし、藤吉郎のもとへ話しに行こうと思う」

「それがよろしかろう」

長秀たちも自陣に戻っていく。それでもしばらく、荒れ狂う心の荒波を抑えることができなかった。七尾城は北陸随一の堅城だ。謙信といえど簡単に落とすことはできないはず。

助けを求めてきた長続連は城主ではないが、城内の実権を握っているという。

織田軍の進みが遅ければ、上杉方に寝返ろうとする者も出てくる。そうさせないためには速戦するしかない。己の策に誤りがないことを確かめ、日が翳《かげ》り始めたあたりで秀吉の陣へと向かおうとした。

だが権六は唖然として立ちすくんだ。秀吉は総大将である権六に断ることなしに陣をたたみ、密かに西へと帰っていたのだ。再び湧き上がる怒りを、権六はなかなか抑えられないでいた。

（つづく）

本書は書き下ろしです。

中公文庫

レギオニス 秀吉《ひでよし》の躍進《やくしん》

2019年4月25日　初版発行

著　者　仁《に》木《き》英《ひで》之《ゆき》

発行者　松田陽三

発行所　中央公論新社
〒100-8152　東京都千代田区大手町1-7-1
電話　販売 03-5299-1730　編集 03-5299-1890
URL http://www.chuko.co.jp/

ＤＴＰ　嵐下英治
印　刷　三晃印刷
製　本　小泉製本

Published by CHUOKORON-SHINSHA, INC.
Printed in Japan　ISBN978-4-12-206725-7 C1193

中公文庫既刊より

各書目の下段の数字はＩＳＢＮコードです。978－4－12が省略してあります。

に-22-1
レギオニス　興隆編
仁木英之
新興・織田家の拡大に奔走する信長。先代の番頭格だった柴田勝家は、家の「維持」を第一に考え対立する。信長と、織田家の軍団長たちの物語、ここに開幕！
206653-3

に-22-2
レギオニス　信長の天運
仁木英之
桶狭間に今川義元を討ち戦意高まる織田家中にあって、微妙な立場の柴田勝家。彼とその家臣たちに再び出世の機会は与えられるのか⁉　好評シリーズ第二弾。
206681-6

し-6-62
司馬遼太郎　歴史のなかの邂逅2
織田信長～豊臣秀吉
司馬遼太郎
人間の魅力とは何か――。織田信長、豊臣秀吉、古田織部など、室町末期から戦国時代を生きた男女の横顔を描き出す人物エッセイ二十三篇。
205376-2

S-15-1
完訳フロイス日本史①　将軍義輝の最期および自由都市堺
織田信長篇Ⅰ
ルイス・フロイス
松田毅一
川崎桃太　訳
信長秀吉から庶民まで西欧人が戦国期の日本を描き、現代語訳された初めての日本史。第一巻は信長前史と堺の殷賑を描く。毎日出版文化賞、菊池寛賞受賞。
203578-2

S-15-2
完訳フロイス日本史②　信長とフロイス
織田信長篇Ⅱ
ルイス・フロイス
松田毅一
川崎桃太　訳
フロイスの観察と描写は委曲をつくし、わけても信任厚かった信長の人間像は躍如としている。仏僧との激越な論争や、南蛮寺建立の顛末も興味深い。
203581-2

S-15-3
完訳フロイス日本史③　安土城と本能寺の変
織田信長篇Ⅲ
ルイス・フロイス
松田毅一
川崎桃太　訳
信長の安土築城とセミナリオの建設、荒木一族の処刑と本能寺での信長の劇的な死、細川ガラシア・名医曲直瀬道三の改宗等、戦国史での重要事件を描く。
203582-9

S-12-25
マンガ日本の歴史25　織田信長の天下布武
石ノ森章太郎
今川を破り戦国大名としての第一歩を踏み出した信長。万国安寧を目指して上洛を果たしながら、志半ばにして斃れたその生涯を描く。
203075-6